曾許諾

卷三 天能老，情難絕

桐華 著

曾許諾

卷三 天能老，情難絕

目錄

第二十一章 路險難兮獨後來

也許從一開始，她愛的就是他這份不羈狂妄，
管它是天塌，還是地陷，都不在乎。
漫天紅光，震驚了整個大荒，
可在他眼中，只有她，而她的眼中，也只有他。

蚩尤把阿珩送到朝雲峰，阿珩依依不捨地目送著蚩尤離去，等蚩尤的身影消失不見，她一回身就看到大哥和四哥都站在身後。

昌意急問道：「妳記起蚩尤了？」

阿珩滿面羞紅，訥訥不能言。

青陽問：「四處找妳沒找到，少昊怕出意外，已經回高辛了，妳還打算去高辛嗎？」

阿珩說：「要去，今日就走。」

青陽鬆了一口氣，想說什麼卻又沒說，昌意問道：「那妳和蚩尤……」

阿珩低著頭道：「四哥，我的事情我自己知道。」

昌意點點頭，溫和地說：「去給母親磕頭辭行吧。」

阿珩和嫘祖辭別後，帶著烈陽離開了朝雲峰，沒有立即趕往五神山，而是先去了虞淵。

兩百多年前，虞淵雖然萬物不生，可在虞淵的外面有河流水潭，長著不少樹木，如今卻荒涼一片，寸草不生，只因這裡有一個似狐似虎的大妖怪在此修行。

也不知道誰在外面栽種了一片桃林，竟然不懼乾旱，長得鬱鬱蔥蔥，阻止了旱氣蔓延。每逢桃花盛開的日子，妖怪就會徹夜淒鳴，豎沙國的百姓在桃林中建了祭臺，供奉牠為獙君，祈求牠不要把乾旱帶入豎沙國。

獙君日日夜夜都在虞淵修煉，早入了魔道。可因為各種原因，知情的幾人都不約而同地遮掩著虞淵附近有妖成魔的事情。

一隻巨大的白鳥飛掠過漆黑的天空，飛入虞淵上空的黑霧中，盤旋幾圈後，落在了黑黝黝的峭壁上。

阿珩從白鳥背上姍姍而下，笑對白鳥說：「謝謝烈陽了。」

白鳥變成了一個白衣童子，大概十一二歲的模樣，五官異常漂亮精緻，雙眸碧綠，一頭齊腰長髮根根皆白。

虞淵的恐怖令萬物畏懼，阿珩和烈陽卻沒有絲毫不安，只是側耳靜聽，從遙遠的西方傳來著一聲又一聲悠長的厲鳴。

虞淵的黑霧像大海一樣遼闊無邊，卻萬物不生，獙君年年歲歲都守在黑霧深處。

阿珩眼中隱有淚光，對白衣童子說：「烈陽，叫牠回來。」

烈陽張口長嘯，聲音粗嘎尖銳，和他漂亮精緻的外表截然相反。

正在霧海深處飛翔的獙君，遲疑地停止了鳴叫，順著烈陽的尖銳聲音，飛向東方，很久後，牠看到黑霧中站立的人影，他們身上的氣息既熟悉又陌生。

牠遲疑地放慢了速度，用力地嗅著，似乎在鑑別著真假，一瞬後，牠突然一聲歡喜地鳴叫，就要飛撲過去，可牠又遲疑了，因為日日夜夜待在虞淵中，牠早已不是兩百年前可愛美麗的狐狸，如今牠全身都流著惡臭的膿液，獠牙凸出，整張臉扭曲得醜陋恐怖。

烈陽看阿獙居然想逃，猛地撲起，化回原身，落在獙君頭上，一邊嘎嘎叫著訓斥，一邊翅膀搧來搧去。

阿獙被打得暈頭轉向，失去了主意，乖乖地飛到阿珩面前，羞窘地縮著身子，生怕自己身上的膿液沾染到阿珩身上，一張青面獠牙的臉上竟然滿是侷促和緊張。

阿珩蹲下，緊緊地抱住了牠。

「不管你是小妖阿獙，還是魔獸獙君，不管你變成什麼樣子，都是我的飛天小狐狸。」

兩百年漫長的等待，所有的寂寞和痛苦都在這一句話中消失殆盡。

獙君的頭靠在了阿珩懷裡，淚水順著臉頰一串串滾落。

「為什麼要待在虞淵？人家都說狐族聰明，你怎麼一點都不像狐族呢？你可真是個傻子！」阿珩摸著阿獙身上一個又一個的瘡口，眼淚一顆又一顆落下。

阿獙雖然入了魔道，看著猙獰，其實心思很單純，看阿珩傷心，牠歪腦袋瞅著阿珩，眼睛一瞇，月亮一般彎彎的，大尾巴在身後搖來搖去，逗阿珩。

阿珩依舊沒有笑，牠皺著眉頭想了想，猛地一側頭，衝烈陽嘶吼一聲，魔相畢顯，很是恐怖。烈陽一時不防，被嚇得飛了起來，簡直是鳥容失色。

阿獙十分得意，靠著阿珩，昂著頭，吼吼地笑著，哈哈哈，烈陽也怕牠了！

烈陽怒了，大叫一聲，飛衝過來，一團又一團火球飛向阿獙，阿獙立即跑，兩個傢伙又像幾百年前一樣打鬧在一起。

阿珩不禁破涕為笑，看牠們戲耍累了，才笑著叫：「都過來，我們回高辛。」

烈陽翻了個白眼，因為對少昊沒有好感，連帶著對高辛也厭煩。阿獙卻是歡天喜地衝到阿珩身邊，牠壓根不在乎去哪裡，只要和阿珩、烈陽在一起就好。

七月末，正是映日荷花別樣紅時。高辛多湖多河，百姓又普遍愛荷，不管走到哪裡都是碧葉亭亭如蓋，荷花開滿鄉野。阿珩已經兩百多年未接觸人世，帶著阿獙和烈陽在夜間慢慢而行，既欣賞著人間的風景，也了解一下高辛如今的情況。

快到五神山時，少昊早接到消息，親自來接她，未提蚩尤的事情，只是問她一路可順利。

阿珩摟著阿獙問：「能設法帶我們去湯谷嗎？這些日子，我在深山裡採集了一些藥草，再加上湯谷的水，應該能把牠身體上被魔氣侵蝕的潰爛治療好。」湯谷是高辛的聖地，並不容易進入，何況阿獙被視作魔物。

少昊說：「沒問題，我如今恰好奉父王之命在看守湯谷。」

阿珩很是詫異，湯谷在荒無人煙的天之盡頭，守衛湯谷等於變相的流放，她看少昊沒有解釋的意思，也就沒有立即問原因。

夜深人靜時，阿珩領著阿獙去了湯谷。

湯谷水是日出之水，天下至淨之水。阿獙一碰到湯谷水，就痛得全身痙攣，阿珩和烈陽一左一右抱著牠，阿珩像是哄小孩一般，輕聲哼著歌謠，低聲說：「乖阿獙，忍一下，再忍一下就好。」

一盞茶後，阿珩才讓阿獙離開了湯谷水，阿獙已經痛得虛脫。烈陽看著人小，力氣卻十分大，把阿獙扛到九株扶桑樹組成的「島嶼」上。

阿獙痛得直打哆嗦，少昊把手放在牠的額頭，屬於水靈的溫柔力量漸漸安撫了疼痛，牠沉沉睡去。

烈陽看沒他的事情，變回鳥形，縮到樹葉深處打瞌睡去了。

阿珩提著一個巨大的木桶，裡面盛著熬好的藥，開始給阿獙上藥。

少昊靜坐於月下，撫著琴。琴聲溫和，牽引著阿獙體內的靈力來吸納藥性。

阿珩上完藥後，洗乾淨手，坐到少昊身旁。少昊淡淡一笑，繼續信手撥琴。

扶桑花朵豔紅如火，像一盞盞火紅的小燈籠垂滿枝頭，少昊一身白衣，端坐於樹下，氣態端雅，連月光都在他身前散去了清寒。可是這樣一個才華蓋世、志比天高的人卻被貶謫在荒無人煙的天之盡頭看守湯谷。

阿珩輕聲問：「我記得兩百年前，你和父王的關係在趨於緩和，為什麼會變成這樣？你做了什麼讓父王厭惡你至此？」

少昊停止了彈琴，「妳掉下虞淵後，后土重傷祝融，祝融的身體被藏進神農古陣中。蚩尤失去了最大的阻撓，開始一切按照自己的心意行事，也許妳已經聽說，兩百年內，被他滅門的家族就有幾十戶。在他的血腥政策下，神農的舊制被徹底打碎，如今的神農是人盡其才，物盡其用，十分繁榮昌盛。看到神農的變革，我一時心急，想透過手中的軍隊來強行推動高辛的改革，在宴龍他們的諫言下，父王震怒，認為我有篡位之心，勒令我遠離朝事，命我看守湯谷。」

阿珩問，「宴龍不是失去了一隻手嗎？」

「宴龍失去了一隻手後功力大減，如果換成別的父親，也許就不會再看重一個半廢的人，可我的父王向來多情，反倒越發憐惜宴龍。這些年，時常對臣子說『所有兒子中，宴龍最像年輕時的他』，臣子們大都明白了父王的意思。」少昊嘆了口氣，神色落寞，「父王性格溫柔多情，喜歡美人的歌舞、才子的詩賦，我的確不像他，令他很失望。再加上父王約略知道承華殿內的軒轅妭是假的，所以我對他而言已經一無是處。」

「那你就甘心守著荒涼的湯谷，等著宴龍登基？」

少昊微微而笑，「當然不可能，宴龍登基之日不僅僅是我的死期，也是高辛族的死期，我死事小，族滅——絕對不行！」

「那你的打算是……」

少昊的微笑中涔出了冷意，「我想請妳幫我一個忙。」

「什麼忙？」

「從盤古大帝到現在，高辛族已經有幾萬年的歷史，宮闈鬥爭層出不窮，驗毒的神器十分齊備，沒有任何毒藥能躲過，也許只有嘗遍百草、以身試毒的神農氏有法子，所以，我想請妳為我配製一份藥，可以躲避過所有神器寶物的檢查，不需要奪取對方的性命，只是要讓他漸漸虛弱，直到臥病不起。」

阿珩明白了少昊的意思，他是想逼俊帝退位，阿珩沉默不語。

少昊說：「父王的五神軍上千年來過的日子過於安逸享樂，早就是金玉其外、敗絮其中，不足為慮。宴龍雖然掌控著常曦和白虎兩部，但四部中戰鬥力最強的是我的嫡系青龍部，在諾奈的幫助下，羲和部也已經完全歸順於我。如果強行兵變，不是不可，但我不想動武，如果兵變，就是徹底撕破了臉，必須要以一方的死亡為完結，否則即使我答應，跟隨我謀反的將軍也不能安心。阿珩，我不想傷到他，這是唯一的兩全之法！」

少昊輕輕撥弄著琴弦，眼中有濃重的哀傷，「兩千多年了，他時時刻刻提防著我逼宮篡位，其實我從沒想過，我是真心想輔佐他，真心想做一個好兒子，可沒想到終於走到今天，一切都成了真！也許以後的史官們會記錄我狼子野心，早有反意，籌謀良久，終於起事，將來我若有兒子，都不知該如何給他解釋，只怕他也永不會諒解。阿珩，我真的不想走到這一步，可是我已經被逼得無路可走！宴龍他們把我逼到湯谷仍不肯甘休，這些年正在想方設法瓦解青龍部，如果我再無所作為，那些忠心耿耿跟隨著我的人都會被宴龍害死，最終我也難逃一死！」

如果青龍部被瓦解了，即使諾奈再想幫少昊，羲和部也肯定不能支持一個注定會失敗的王子，勢必要為了自保，投靠宴龍。阿珩思索了半晌後，低聲說：「我明白你的困境，我答應你。」

縱然天下不容，有一人能理解也足矣。少昊心頭的愁悶淡了，不禁重重握住了阿珩的手，「謝謝妳！阿珩，我是真心想……」

阿珩輕輕把手抽出來，「何必客氣？難道你忘記了我們新婚時定下的盟約嗎？我們是盟友，今日我為你做事，他日你也要遵守自己的諾言。」

少昊一點就透，明白阿珩已經想起一切，也理解了阿珩的意思，心中滋味難言，面上卻若無其事地把手縮回袖中，淡淡問道：「妳想起了一切？」

「嗯。」阿珩臉色發紅，帶著幾分愧疚，遲疑著想說什麼，「我……」少昊溫和地打斷了她，笑道：「我會遵守自己的諾言。天快要亮了，妳不方便久留，回去休息吧，我來看著阿獙。」

阿珩走了一程，回頭望去，月夜下，少昊端坐在火紅的扶桑花中，面朝萬頃碧波，白衣臨風，琴聲鏗鏘有力，削金斷玉，奏的是一首即將君臨天下的鐵血激昂，卻也是不歸的寂寞。

如少昊所說，高辛王室有幾萬年的宮闈鬥爭經驗，查驗藥性有一套很完整嚴密的流程，想要配置出避人耳目、又恰到好處的毒藥並不容易，阿珩把《神農本草經》從頭看到尾、從尾看到頭，終於配置出了一味不完全符合少昊要求的藥。

她把藥交給少昊，「這個藥只能說一半符合你的要求，這味藥的主要成分是阿獙的鮮血，它能像虞淵一樣緩慢吞噬神族的靈力，令人漸漸全身無力，行動不便。」

少昊問道：「有解藥嗎？」

「因為不算是毒藥，自然也沒有解藥。只要不持續下藥，日子長了後，身體會自我修復，恢復健康。按你的要求，一共配置了兩份。」

少昊把藥小心收好，「謝謝妳。」

阿珩道：「我們是盟友，你只要記得答應我的事情就行了。」

「一定！」

在少昊的安排下，阿珩的「病」開始漸漸減輕，每次宮中醫師看完病，都會恭喜少昊和阿珩，而隨著宮中醫師的恭喜聲，大王子妃身體逐漸康復的消息傳遍了宮廷內外。

雖然少昊已經是一個失勢的王子，可阿珩仍舊是軒轅族唯一的王姬，自從她病好，大大小小的宴席請帖就不斷。

因為之前的「軒轅妭」已經纏綿病榻兩百多年，阿珩也不敢立即就生龍活虎，很多宴席藉口身子仍弱給推了，有些宴席卻不能不去，因為她必須證明她是真正的軒轅妭。

俊后傳召她入宮覲見，阿珩很清楚，這是要驗明正身了。

她盛裝打扮後，去拜見俊后。

車輿到殿門就停下了，一旁的侍從笑著解釋，「王子妃身體剛好，本該讓車輿進殿，免得王子妃累著，可這是規矩，臣子們一到殿門就必須步行，俊帝如今只給了二殿下特例，允許二殿下乘車覲見。」

宮中的侍從是這世上最會察言觀色、欺軟怕硬的人，阿珩很是聽明白了他的言外之意，看來俊帝真的很厭惡少昊，連帶著她這個兒媳一起厭惡。她淡淡一笑，下了車輿，「我這麼多年未給母后請安，未能盡孝，理當如此。」

宮殿很大，幾乎占據了整座山頭，阿珩又要趕時辰，只得一路急行，待行到漪清園，俊后並不在。侍女道：「俊后正在梳洗，王子妃候著吧！」

高辛地處東南，氣候溫暖，即使冬季，也如北國的春天，夏天則酷熱難耐。雖然五神山位於大海中央，熱氣被海風阻擋，並不會很熱，可宮殿設計仍然承襲了高辛建築要避暑的特點。

漪清園就是如此，草木繁盛，處處皆水，或瀑布，或小溪，蜿蜒曲折，跌宕起伏，狹窄處不過尺許，寬闊處足可撐船。

阿珩等得時間長了，有些無聊，反正園子內無人，她就沿著溪流緩緩而行。

越往裡走，景致越好，溪水兩側，山勢時高時低，竹苞松茂，木秀草長，更有三五隻仙鶴，踏著溪水覓食，步態飄逸，看到阿珩也不懼怕。

水岸深處，長著一片茂密的竹林，綠竹猗猗，層層如簀，一個白衣男子半倚半靠著半方石壁，沉沉酣睡，臉上搭著一冊帛書。在他身前不遠的溪水中，四隻鴛鴦游來游去，雙雙對對悠然自得。

阿珩想迴避，已經來不及，男子驚醒，身子動了動，臉上的書卷掉落，露出了面容，五官端雅，氣度出塵，隔著幽幽竹影，瀲瀲光陰，恍若山中人兮。

阿珩看是少昊，不再迴避，笑著上前。

男子緩緩睜開眼睛，似怨惱被人驚醒了美夢，眉間帶著不悅，只是個側臉，和少昊十成十的相像，可阿珩立即明白，不是少昊！少昊喜怒不形於色，絕不可能任性任情到在此等小事上介懷。

聽到足音，男子轉過了臉，和少昊相似的五官，卻是截然不同的氣質，男子只有水般的溫柔風流，沒有少昊山般的剛毅沉肅。

阿珩俯身請安，「父王。」

俊帝看著阿珩，想了一瞬，才明白她是誰，「妳怎麼在這裡？」

阿珩不知道俊后打得什麼主意，自然不敢亂說話，「兒臣進宮來拜見母后，母后正忙，我看溪邊的景色好，就隨意走走，不想驚擾了父王，求父王恕罪。」

俊帝道：「景色好？怎麼個好法？回答得好，我就不治妳的罪，回答得不好，連帶著少昊一塊治你們一個不敬的罪。」

阿珩含笑說：「這個園子的名字已經把此地景色的好處全道了出來，風平雨細無皺面，浥浥寒猗清客暑。」

俊帝淡淡道，「園子的名字是我取的，既然妳喜歡這裡，我就帶妳四處走走吧。『風平雨細』看似簡單，可真正懂的人沒幾個，人心總是不願意在平處看景。」

阿珩隨在俊帝身側，慢步而行，俊帝指著每處的景致細細說給她聽，一塊石頭、幾叢秋菊都有來歷。阿珩自幼和昌意親厚，昌意是詩詞歌舞、花鳥蟲魚無有不通，連帶著阿珩也對這些「玩物喪志」的東西頗多了解，後來又學了《神農本草經》，對花草可謂精通，和俊帝一路談來，言語切合，令俊帝只覺遇見了知音，心中暗喜。

俊帝突然問：「為什麼會病了兩百年？」

這個問題，少昊早給了她現成的答案，可此時，面對著這個溫和得完全不像帝王的人，阿珩竟然回答不出來。而沉默時間一長，阿珩越是不知道如何回答，甚至連少昊準備完美的說辭都無法再用上，阿珩侷促不安，緊張得掌心冒汗。

俊帝看她一直沒有回答，不但沒有介意，反而很是喜歡，微微一笑說：「說來也是可笑，高辛王室注重禮儀，推崇優美雅致的東西，我又是其中的翹楚，從小自負儀容才華，不管是一叢花，還是一個女子，都總是要最美，有時候，連對臣子都會以貌取人，青睞那些容貌出眾、言談雅致的臣子。所有兒子中，少昊和我長得最相像，他又一出生就沒了母親，我心憐他，一直把他帶在身邊，親自教導他一切，可他越長大越陌生，妳和他……」俊帝搖搖頭，「並不相配。」

阿珩又是驚，又是怕，全身僵硬，冷汗涔涔。

俊帝輕嘆了口氣，眉間有無可排解的悒鬱愁思，「可這王室裡，又有幾個相配的夫妻呢？不過是你哄著我，我騙著你，表面上的花團錦簇。」

阿珩這才鬆了口氣，全身恢復了知覺。

俊帝坐到了溪旁的石頭上，「最近也不知道怎麼了，總是會突然就覺得很累，提不起力氣。」指了指對面的石頭，「妳也坐吧！」

兩個宮女匆匆而來，面色惶恐地向俊帝請罪，「俊后還在等王子妃，奴婢找了好幾圈，不想王子妃和陛下在一起。」

阿珩向俊帝告退，俊帝微微點了下頭，讓她離去。

阿珩走了老遠，才敢偷偷回頭，俊帝依舊靜坐在溪旁，與水中的倒影互相凝視。

俊后見到阿珩，很是親熱，一直把她留到晚上，命她參加晚宴。

晚宴上，王子妃、王姬全到了，藉著閨閣中的各種小遊戲試探著軒轅妭的真假。

軒轅妭本來就是真的，自然無懼她們的各種試探，兵來將擋，水來土掩。

鬧到深夜，要鎖宮門時，宴席才不得不散。

軒轅妭走出殿門，侍衛駕著車輿而來，笑容滿面。

她有點不解，掀開車簾，看到少昊坐於車內，忙跳上了車輿，「你怎麼來了？」

少昊道：「妳來了一天，我有點不放心。」

阿珩說：「母后試探了一天，應該已經確信我就是我。對了，我今天碰到父王了。」

「他可好？」

「父王帶我去看了他養的蘭花，我讚他養得好，他剛開始以為我是敷衍奉承，後來聽我一一道明緣由，看得出他是真開心。父王和我走了一段路，就有些乏力，我……」阿珩停頓了一下，神色低落，「我覺得心裡挺難受，他並不是個壞人，甚至可以說是一個比大多數人都好的好人。」

少昊說：「他是富貴風雅的翩翩公子，一直喜歡做的事情就是欣賞書畫歌舞，品談花草蟲魚，以後的生活其實依舊和現在一樣。」

真的會一樣嗎？希望是吧！阿珩不再說話，少昊也默不作聲。

車輿行到承華殿外，阿珩以為少昊要悄悄趕回湯谷，沒想到少昊對她說：「今晚有貴客來看妳，我不方便隨妳一塊進去，妳裝作若無其事地進府，到花房等我。我會悄悄潛回府中，去花房找妳。」因為阿珩喜歡種植花草，少昊當年拆除屋宇，專門為阿珩建造了花房，看似是寵愛嬌妻的奢侈舉動，其實花房內有諾奈設置的各種機關，可以說是少昊避人耳目、談論要事的密室。

阿珩苦笑，少昊真是被宴龍和俊帝逼得走投無路了，連回自己的府邸都要悄悄潛回，她沒精打采地問：「我在高辛能有什麼貴客？」

少昊神祕地一笑，「待會妳就知道了。」

阿珩回到屋中，換下宮裝，沐浴後又不慌不忙地吃了點宵夜，這才拿起花籃剪刀，說要剪幾朵新鮮的花，放在案頭入睡，散步到花房。

花房內的林蔭深處站著一個陌生的姑娘，容貌清秀，溫婉可人，她向阿珩行禮，「奴婢叫泣女，是諾奈將軍的侍女，諾奈將軍正在等候王子妃。」

原來是他！阿珩點點頭，泣女在前方領路，倒比阿珩這個主人更熟悉此地的機關，看來諾奈十分信任她。泣女看阿珩在暗中打量她，回頭笑道：「王子妃是在奇怪奴婢的名字嗎？爹爹一直想要個兒子，可家裡一共生了九個姐妹，到奴婢時是第十個，爹爹差點想扔掉我，連名字都不給起，因為吃不飽，日日哭泣，所有人就都叫奴婢泣女。兩百年前，奴婢受不了家中的虐待逃了出來，就要病死時，幸虧遇到諾奈將軍，這才有了一個安身之處。因為奴婢是個女子，不引人注意，這些年，奴婢常幫將軍掩護，來見大殿下。」

阿珩讚道：「諾奈自身拔尖出眾，連他的侍女都萬裡挑一。」

泣女溫婉一笑，為阿珩拉開了門，「將軍就在裡面，奴婢就不進去了。」

屋內坐著的兩人聽到聲音都站了起來，一人正是容貌俊美、風姿飄逸的諾奈，另一人是個姿容普通的女子，看到阿珩，她揭下了臉上的人面蠶面具。

「雲桑姐姐！」阿珩大喜，衝過去一下抱住了雲桑。

雲桑更是激動，眼中都有隱隱淚花，「妳都不知道我這些年有多難過。」

「我現在已經沒事了。」

雲桑緊緊握著阿珩的手，上上下下看著阿珩，笑道：「真是妳，我得趕緊給后土寫信，讓他不必再愧疚不安，這個傻小子這些年沒少折磨自己。」

阿珩愣了一愣，才明白，「替我問他好。」又笑問：「姐姐，妳怎麼來了呢？」

雲桑的臉騰一下就紅了，哼哼唧唧地說：「我在高辛已經住一段日子了。」

阿珩看看諾奈，抿著嘴偷笑。雲桑強自鎮定地說：「蚩尤那個混帳逼我在紫金頂發誓，不得再干預朝政，否則將來屍骨無存！我留在神農也沒什麼事可做，來高辛轉轉有什麼問題嗎？」

阿珩忙擺手，「沒問題，沒問題！」

諾奈對阿珩行禮，「今日帶雲桑來，一是讓她親眼見見妳，好安心；二是來求王子妃一件事情。」

雲桑立即說：「我去看看少昊，怎麼這麼久都沒來。」說著話，她把人面蠶面具戴回臉上，出了密室。

諾奈請阿珩坐下，對阿珩說：「妳別看雲桑嘴裡罵著蚩尤，其實她早就明白蚩尤是為她好。因為祝融的意外閉關，蚩尤沒了阻撓，在他的鐵血手段下，幾十年前神農局勢已穩，可雲桑在世上的血緣親人只剩了炎帝，王子妃也知道她的性子，做大姐做習慣了，總是事事不放心，事事要操心，忙著為別人考慮，把自己放在最後，我怎麼勸，她都不忍心丟下炎帝，共工和后土他們又總是會來找雲桑幫忙。無奈下我就去找了蚩尤，向他直陳我對雲桑的感情，希望雲桑能過安寧的日子。蚩尤真不愧是大丈夫！竟然不惜自己背負忘恩負義的罵名，逼迫雲桑在紫金頂發下毒誓再不干預朝政，看似冷血無情，卻是真正為了雲桑好，既逼得雲桑割捨，又明確告訴后土他們雲桑已無利用價值，不要再把雲桑牽扯進權力鬥爭中。」

諾奈笑著長嘆口氣，「雲桑這才被我強帶了來高辛。」

阿珩道：「強帶？我看雲桑姐姐很樂意呢，只怕已經樂不思歸了！」

諾奈滿面笑意，又對阿珩行禮，「雲桑已經同意嫁給我，就麻煩王子妃促成美事。」

「我當然願意了，可難道你不是更該去求少昊嗎？」

少昊和雲桑一前一後走進來，少昊笑道：「這件事情上，妳比我更能幫上忙。」

諾奈說：「殿下如今守護湯谷，終年難見俊帝一面，如果殿下特意去說，雲桑身分又特殊，只怕會引得俊帝猜忌亂想。可王子妃不同，隨時可以入宮。俊帝喜歡詩詞歌賦，喜歡侍養各種奇花異草，若論詩詞歌賦，天下無人能比過昌意，若論對奇花異草的了解，天下無人能及前代炎帝，王子妃是整個天下唯一身兼兩者所長的人，兩百多年前，俊帝就對王子妃有好感，連帶著對殿下都好起來。只要王子妃挑個合適的時機，在俊帝面前為我和雲桑說幾句話，以俊帝多情的性子，只怕立即就會准了。」

「原來是這樣。」阿珩思量了一瞬，笑道：「前段日子從軒轅回高辛時，我從深山裡挖了幾株罕見的蘭花，剛剛栽培得像模像樣了，明後日我就給父王送進宮去。」

諾奈連連行禮，「多謝，多謝。」

少昊笑道：「都是自己人，哪裡來的那麼多禮？等你們成婚時，夫婦一起好好給阿珩敬幾杯酒就行了。」

雲桑滿面羞紅，低頭站在門角，一言不發。阿珩樂得大笑，一瞥眼，隔著虛掩的門扉，看到門外的泣女，立在陰影中，直勾勾地盯著雲桑，眼神似嫉似悲，十分複雜。察覺到阿珩看到了她，她忙強笑著行禮，把門拉緊。

阿珩本就如諾奈所說，精通詩詞歌賦、養花弄草，與俊帝興趣相投，又刻意存了討好的心，不到一個月，俊帝就對阿珩比對女兒還呵護寵愛。

一日，阿珩藉著欣賞一幅鴛鴦蝴蝶圖，向俊帝婉轉地表明諾奈和雲桑的情意，講述了他們因為身分差異的苦戀，求俊帝成全。俊帝聽到男有情、女有意，不但不以為忤，反而大笑著准許了他們的婚事。

阿珩向俊帝叩謝，俊帝笑道：「天公都喜歡讓鴛鴦成對，蝴蝶雙棲，我雖不敢自比天公，可也樂意見到天下有情人都成眷屬。如果人人都歡樂幸福，世間自然也就沒有那麼多紛爭。」

阿珩突然心中有了不安，她幫著少昊毒害這般溫柔多情的俊帝，真的對嗎？可如果不幫，如今已被逼到懸崖邊上的少昊發動兵變的話，只怕要血流成河、屍橫遍野。阿珩只能告訴自己少昊也不想傷害俊帝，壓下了心中的不安。

阿珩回府後，立即寫信告訴諾奈和雲桑這個好消息。因為少昊的「絕密計畫」，他命諾奈去邊疆，鎮守在羲和部，一則牽制白虎部，二則以防國內巨變時，引得他國侵犯，所以諾奈和雲桑都不在都城中。

在信末，阿珩想了一會，又加了一小段話。泣女與諾奈朝夕相處兩百年，只怕對諾奈早已生情，並不是擔心她會對雲桑不利，而是這樣的情勢，對兩個女子都不好，希望諾奈留心此事，妥善處理。

諾奈的回信讓阿珩很寬慰，既是為了雲桑，也是回報泣女兩百年來的忠心，他會在大婚前安排好泣女的去處。他打算認泣女為妹，給泣女選一個優秀的夫婿，如果泣女暫時不想出嫁，那麼他會送泣女去和母親作伴，直到她找到心儀的兒郎。

諾奈和雲桑的婚事正式公布，雖然雲桑下嫁諾奈出人意料，可在俊帝和炎帝兩位帝王的同意下，一切也變得名正言順。

諾奈親去神農山，與炎帝定下了婚期，打算明年春天，百花盛開時，諾奈就來迎娶雲桑。

歲末時，俊帝病倒，再難處理朝事，只得把政事委託給宴龍代理，朝臣們都以為新主已定；可在辭舊迎新的朝宴時，俊帝卻又說思兒心切，召回了被貶謫到海之盡頭去看守湯谷的少昊。

少昊回到五神山的當日，俊帝親切地召見了他，對他殷殷叮囑，父子兩人說了一下午的話。

朝臣們看得十分糊塗，不知道俊帝究竟是什麼心思。其實，一切不過是一個帝王的猜忌心。

俊帝是很喜歡宴龍，是想在死後傳位於宴龍，可如今他只是病了，不是要死了，當他不得不把一切朝事交給宴龍處理時，他又開始擔心宴龍會不會藉機把他架空，於是召回了和宴龍不合的少昊，讓少昊牽制宴龍。

可是，他的兩個兒子早已經不是呀呀學語的小孩子，都不肯做棋子，任憑他擺布。宴龍在俊后的支援下，抓住這個機會，全力發展自己的勢力，盡力替換著朝堂內的官員。少昊則好像因為離開五神山太久，已經和朝中官員陌生，不知道該怎麼辦，什麼動靜都沒有。

三個多月後，春風吹遍了江南大地，正是高辛最美麗的季節，到處煙雨濛濛，鮮花芳菲，鶯啼燕舞。

俊帝收到一株下面人進貢的美人桃，實在是歡喜，就像是小孩子得了心愛的玩意忍不住要和小夥伴們炫耀，立即打發侍者去叫了阿珩進宮，指著庭院中的桃花讓阿珩看。

阿珩不確定地說：「這是複瓣桃花，花色又作粉紅色，可是碧桃？」

俊帝大笑，依著白底寶藍紋綾軟枕，娓娓道來，「妳只看到它是稀罕的複瓣，又恰好是粉色，就判斷它是碧桃，大錯特錯。複瓣桃花雖然罕見，可也分了十來種，花色有白色、紅色、紅白相間、白底紅點與粉紅諸色，花朵大小也各異，根據顏色不同，花型不同，有鴛鴦桃、壽星桃、日月桃、瑞仙桃、美人桃……」

俊帝正說得高興，少昊緩步而進，俊帝意外地笑道：「怎麼沒有通傳，你就進來了？既然來了，就一起看看這株稀罕的桃樹。」

少昊跪下磕頭，將一分奏章呈給俊帝，裡面羅列著宴龍這段日子以來的所作所為，最為嚴重的是他竟然替換了掖守宮廷的侍衛，這是帝王大忌。

俊帝的臉色越來越難看，大怒著高聲叫喚，想命侍從立即去傳召宴龍，可叫了半晌，仍然沒有一個侍從進來。

俊帝察覺不對，怒盯著少昊，「侍衛呢？你想幹什麼？」

少昊奏道：「兒臣已經遵照父王的吩咐，代父王擬好旨意。宴龍勾結俊后意圖不軌，共有罪證一百一十條，鐵證如山，父王已經決定幽禁宴龍，廢除俊后。」

俊帝面色煞白，目光猶如刀刃，「我的決定？」

「是的，父王的決定！」少昊平靜地回答，眉目堅毅，俊帝眼內刀刃的鋒芒全碎裂在了少昊的巍峨山勢前。

俊帝不甘心地怒叫，可是不管他聲音多大，都沒有一個侍衛進來。俊帝明白了，少昊已經控制了整座宮殿。

他盯著少昊，少昊沉默地看著他。

一室沉寂，靜得似乎能聽到每個人掙扎的喘氣聲。

良久後，俊帝的目光慢慢地從少昊身上移向阿珩，阿珩不敢與他對視，低下了頭，俊帝輕聲問：「妳可知道？」

阿珩不能回答，少昊代她答道：「她不知道。」

俊帝點點頭，竟然笑了，「那就好，不算辜負了這一樹桃花。」

少昊把空白的帛文放在俊帝面前，「請父王下旨。」

俊帝提起筆，一揮而就，宣布廢除俊后，幽禁宴龍。

俊帝寫完，連筆帶帛文砸到少昊臉上，「拿去吧！」

筆上的墨汁還未乾，甩得少昊臉上身上都是墨痕，少昊默默地擦乾淨臉上的墨汁，一聲不吭地撿起帛文，遞給了守在簾外的將軍。

一隊侍衛走了進來，都是陌生的面孔。

少昊對俊帝說：「為了讓父王更加安心休養，請父王移居琪園。」

俊帝氣得身子都在顫，「你就這麼迫不及待？」

少昊面容冰冷，沒有一絲笑意，躬身道：「兒臣恭請父王移駕。」

俊帝悲怒攻心，卻清楚大勢已去，他深吸了幾口氣，無奈地說：「走吧！」

侍衛們上前，把俊帝抬放到坐榻上。俊帝閉著眼睛，不言不動。

在上百名侍衛的「保護」下，一群人浩浩蕩蕩地向著五神山最東邊的漸洲峰飛去，因為它在最東面，必須要經過五神山的前四峰才能和內陸往來消息，所以歷代帝王多把和自己不和的太后或兄弟安置於此，算是變相的幽禁。

少昊站在殿外，目送著一隊人消失在了天際。

回頭時，阿珩靜站在桃花樹下，人面桃花兩相映，可阿珩的眼神卻是冰冷。

阿珩問：「這株桃樹是你派人進獻給父王的吧？你知道他若得了珍品，一定會忍不住找我品賞。」她知道少昊遲早會動手，可沒想到是今日，更沒想到他會利用自己分散俊帝的注意。

少昊沉默無語，面沉若水。

阿珩慘笑著搖搖頭，「父王還沒告訴我這株桃樹叫什麼名字。」轉身出了宮殿。衣裙簌簌，不一會，身影就消失在了曲闌深處。

少昊默默地看著一樹桃花，灼灼明媚。

女子的哭泣叫喊聲不停地傳來，那是將士們在移遷父王的後宮。

因為俊帝喜好管弦歌舞，後宮女子都能歌善舞，不管何時走過，總能聽到隱約的絲竹聲和少女歌聲。殿內又處處都是精心侍弄的奇花異草，有風是香飄滿殿，無風也是暗香浮動。不管何人走過這座雕欄玉砌的宮殿，都會目眩神迷，以至於來過承恩宮的神農國王子一直無法忘記這座風流旖旎的宮殿，慫恿著當年的七世炎帝攻打高辛國。

從清晨開始，舊的宮人殺的殺，關的關，十去七八，現在又把最後一批近臣宮妃或處死或幽禁，如今整座宮殿除了持著刀戈的士兵，再沒有幾個人影。

整座宮殿，沉寂空曠，開始變得截然不同。

安晉和安容走了進來，他們兩兄弟出自少昊的母族青龍部，和少昊是表親，是少昊的心腹之臣。

將軍安晉龍騰虎步，有著軍人特有的矯健和霸氣，大聲奏道：「殿下，後宮的所有妃嬪凡沒有子女者已經全部被遣出承恩宮，移居到五神山下的僻香居。」

安容五官俊俏，身材頎長，說起話來，不緊不慢，「經過我的仔細篩選，留下的宮人都很可信。要不要趕在殿下入住前再選一批宮人？」

少昊說：「不必了，就我和王子妃起居，餘下的宮人加上承華殿的舊人足夠用了。」

安晉摩拳擦掌地說：「可不是嘛！以前是一個女人就要十幾個人伺候，如今把那些女人全趕走了，當然不需要那麼多奴婢了。有選奴婢的時間還不如趕緊想想怎麼打仗。」

安容拉了拉哥哥，對少昊進言：「現在的確是就殿下和王子妃，可殿下登基後，很快就要再立妃嬪，服侍各個王妃的婢女總是要的。」

安晉瞪眼，「選什麼妃嬪？我警告你，你小子可別做奸臣，教殿下沉溺女色，學壞了！」

安容哭笑不得，「歷代俊帝都要從四部中挑選女子冊封妃嬪，大哥真以為是四部女子格外美麗嗎？殿下登基之後，既要消滅敵人，更要對有功的臣子論功行賞，咱們青龍部自然沒什麼，可羲和部對殿下的忠心不需要回報嗎？最好的回報是什麼？不就是選擇羲和部的女子入宮，讓未來的皇子擁有羲和部的血脈嗎？常曦部難以拉攏，白虎部卻不是非要和宴龍、中容他們結盟，如果殿下肯從白虎部選妃，只怕一個女子頂過無數計謀。」

安晉聽得頭疼，擺擺手，向少昊行禮告退，「你們慢慢商量吧，打仗時別落下我就行。」

安容看安晉走了，笑著問：「殿下要我留意四部的女子嗎？雖然身分血統第一，可容貌性子也不能委屈了殿下。」

少昊凝視著阿珩消失的方向，一直不說話，半晌後說：「不用了。」

安容神色大變，「殿下，雖然我們暫時成功了，可是宴龍和中容他們的勢力不能低估，要想帝位穩固，必須……」

「我說了不用！」

安容心中一凜，眼前的人不再是少昊了，就要是萬人之上的帝王，忙跪下，「臣明白。」

少昊彎身，雙手扶起他，「表弟，我知道你是一心為我好，只是……這事以後再說吧，我不相信我少昊一定要靠女人才能收服這江山！」

安容聽到他的稱呼，心中安穩下來，行禮告退，「琪園那邊，殿下還有什麼要叮囑的嗎？」

少昊沉默了一瞬，指了指桃樹，「把這株桃樹小心掘出，送到琪園。」

安容應了聲是，躊躇著想說什麼，卻又忍了下去。

當日夜裡，大荒的最東邊，了無人煙的湯谷。

青陽腳踏重明鳥，乘夜而至。

扶桑樹下，無數個空酒罈子，少昊已經爛醉。

青陽一語不發，依樹而坐，拍開一罈酒的封泥，仰頭灌下。

少昊笑著問，「你怎麼不恭喜我？今日我碰到的每一個人都在恭喜我！」

青陽淡淡問，「恭喜你什麼？恭喜你要弒父殺弟嗎？」

少昊哈哈大笑，笑得前仰後合，半晌後醉笑著說：「我可以控制住情勢的發展，還不至於那麼波瀾壯闊、精彩絕倫。」

青陽默不作聲，有的路一旦踏上，就不能回頭，只能一條道走到黑，不是自己想控制就能控制。

少昊把一瓶藥扔給青陽，青陽問：「什麼東西？」

少昊醉態可掬地說：「讓你父王生病的東西，病到他不能處理朝事。」

青陽悚然變色，少昊笑著說：「誰都查不出來！」

青陽失聲驚問：「難道你父王不是真生病？我以為你只是抓住了一個天賜之機。」

少昊大笑，「青陽小弟，我以為你已經心硬如鐵了，沒想到還這麼天真！哪裡有什麼老天賜予的機會？只有自己去創造的機會！兩千多年，我等了兩千多年，等到了什麼？黃帝是什麼樣的性子，你很清楚，你想等到什麼？你以為自己又能等到什麼？指月殿的彤魚氏是會饒恕你，還是會饒恕嫘祖？」

青陽握著藥的手，青筋直跳。

少昊說：「藥只有這一份了，你可要用到刀刃上。」

「藥從哪裡來的？你不怕洩密嗎？」

「噓！」少昊食指放在唇上，醉笑，「我不告訴你！我和配藥的人說一份給父王，一份給宴龍，她以為這份藥給了宴龍，什麼都不知道。」

青陽把藥收了起來，少昊笑著舉起酒罈，「來！慶祝你我先並肩作戰，再生死對搏！」

青陽舉起酒罈，和少昊用力一撞，酒罈碎裂，濺得兩人全身都是酒。

「好酒！」少昊大笑著，身子一軟，向後跌去，跌在一地酒罈中。

青陽站起，召喚重明鳥，準備離去。

少昊喃喃說：「等你登基為黃帝，我們逐鹿天下。青陽，我若死在你手裡，你就把我的屍骨葬在酒罈中，你若死在我手裡，我就把你……」他醉眼迷離地想了想說，「我就把你的骨頭做成我的王座，每天上朝時都坐，天天坐，日日坐，一直坐到我死。」

青陽的一張冷臉都笑了起來，好笑地問：「為什麼？恨我和你爭天下嗎？」

少昊笑嘻嘻地揮著手，「這樣，我就給你報仇了！讓坐在上面的那個人不敢稍忘，日日寢食難安！」

青陽笑著一愣，繼而就再笑不出來，心中全是難言的蕭瑟惆悵，清嘯一聲，重明鳥沖天而起，消失在了雲霄中。

俊帝宣旨昭告天下，因為自己重病在身，難以再治理國家，所以特遜位於德才兼備、仁孝恭謙的大王子少昊。

少昊在推辭了幾番後，正式登基，入住五神山承恩宮，成為八世俊帝，軒轅妭獲封王妃。眾人猜測著既然他們夫妻恩愛，少昊卻沒有直接封軒轅妭為后，應該是因為軒轅妭身體太弱，幾百年來一直無所出。

為了慶賀少昊登基，在承恩宮前殿舉行百官大宴。

軒轅妭略坐了一會，就藉口累了告退，反正她已經纏綿病榻兩百多年，大家都認為很正常。

行到寢宮，軒轅妭精神真正懈了，把侍女都屏退，正在換衣服，一個人從後面扣向她腰，她立即側身，下了重手。

「是我！」

她的力量散了，身子被蚩尤拉進懷裡，什麼都沒說，先是一個綿長激烈的吻。

蚩尤笑問：「怎麼下這麼狠的手？」

阿珩靠在他懷裡，疲憊地說：「宴龍雖然被幽禁了，但中容他們還在外面，這段日子，一直有傳聞說會刺殺少昊，我精神一直繃著。」

蚩尤道：「我若是少昊，直接把那二十幾個兄弟全關起來，能留的就留，不能留的就殺，何必給自己添麻煩？」

阿珩微笑著說：「因為你不在乎天下人是否叫你魔頭，可少昊在乎，他想要做一個好帝王。奪取天下可以靠殺戮，但想要治理好天下還是必須要靠仁孝禮儀，再說了，殺虐造得太多總是不對。對了，你怎麼突然來了？」

蚩尤把阿珩的頭按在自己的心口，鏗鏘有力的心跳聲傳入阿珩耳朵，「聽到它的聲音了嗎？它說想妳了。妳呢？有沒有想過我？」

阿珩不說話，勾著蚩尤的脖子，把他的頭拉下，在他的臉頰上輕輕親了一下。

蚩尤眉開眼笑，拖著阿珩，向窗口走去，「我要帶妳去一個地方。」

兩人剛躍出窗戶，少昊走了進來，笑著叫：「阿珩，阿珩。」

阿珩立即用力一推蚩尤，蚩尤貼著窗戶邊的牆站住了。

從屋內看過來，只能看到站在窗戶外的阿珩。

「你怎麼過來了？宴會結束了嗎？」
少昊的笑意從眼裡褪到嘴邊，「還沒有，我是藉口更衣偷偷溜出來。」
「有事情嗎？」
「沒什麼，就是隨便來看一眼，妳剛搬進來，一切可習慣？」
「比承華殿舒服，以前走到哪裡都是一群宮女侍衛跟著，如今自在多了，謝謝你。」
少昊含笑道：「那幫大臣們都擔心服侍我們的人不夠用，他們哪裡知道我們真是被『服侍』怕了，身邊的人越少越好！」
蚩尤不耐煩地扯阿珩的袖子，阿珩問：「你還有事嗎？」
「沒了，妳休息吧。」少昊提步離去。
出了殿門，走了一會，他忽地停住腳步，抬頭看向天空，雖然那天上好似什麼都沒有。
寬大的袍袖中掩著一壺酒，那是南邊一個海島上的人專為今日的宴席進貢的，用椰子釀造，總共就兩壺，他喝了一口，覺得滋味很是特別，與以前喝過的酒都不同，趁著大家沒注意，偷偷替換了一壺出來，想拿給阿珩喝。
他反身走了回去，侍女們都在廊下打瞌睡。
他輕輕進入寢殿，已經人去屋空。
窗戶依舊大開著，風吹得紗簾布幔簌簌而動。
他將手中的椰殼酒壺放到了阿珩的榻頭，走過去把窗戶仔細關好，又走出了殿門。

逍遙飛了兩個時辰後，落在神農山，蚩尤牽著阿珩躍下。

阿珩遙望著小月頂，只覺恍惚，很多事情仍歷歷在目，似乎昨日才辭別了炎帝，可實際上，炎帝的屍骨只怕都已化盡。

「為什麼帶我來這裡？」

蚩尤指了指對面的山谷，阿珩凝神看了一瞬，才發覺影影綽綽都是人。

「祝融今日夜裡出關，妳看到的是祝融的親隨，后土和共工的人應該都躲在暗處保護。」

「你想做什麼？」

「不是我想做什麼，而是妳想做什麼。」

「嗯？」

蚩尤從後面抱住阿珩，頭搭在她的肩頭，「妳要祝融死嗎？」

「不必了。」阿珩轉過身子，抓著蚩尤的胳膊，「不要把那些高門大族逼得太狠，他們雖然沒落了，但他們畢竟在神農族有幾萬年的根基，你只看到地上已經在枯萎的枝葉，可地下的根究竟埋得有多深，你根本不知道。」

「要麼做，要麼不做，斬草就是要除根！」

阿珩還想再勸，轉念一想，有榆罔在，倒不必過慮，炎帝當年早考慮到了蚩尤的凶殘，所以才特意用榆罔的溫厚來消解蚩尤的戾氣。

蚩尤帶著阿珩又上了逍遙的背，朝九黎飛去，「既然妳不想殺祝融，我們就去九黎，挖一罈米朵為妳釀的酒嘎喝。」

突然，光華大作，道道紅光瀰漫了天地。

阿珩和蚩尤都回頭，綿延千里的神農山全部被紅光籠罩，就好似二十八座山峰全化作了火爐。

阿珩驚訝地看著，喃喃說：「也許祝融現在才配叫火神。」

蚩尤也很意外於祝融的神力，不過，他從來不知道擔憂為何物，滿不在乎地笑了笑，把阿珩的臉扳過來，「喂，良宵苦短，從現在開始，妳的眼裡心裡只能有我。」

阿珩凝視著他，不禁笑了。也許從一開始，她愛的就是他這份不羈狂妄，管它是天塌，還是地陷，都不在乎。

漫天紅光，震驚了整個大荒，可在他眼中，只有她，而她的眼中，也只有他。

第二十二章

東風惡，歡情薄

少昊默默地坐著，半晌都一動不動。
夜色下，水藍色的帷帳散發著幽冷藍光，
水漏的聲音均勻規律，清晰可聞，在空曠的殿堂迴響。
滴答、滴答、滴答……

神農國內，祝融出關，神力令天下震驚。兩百多年來，因為蚩尤的鐵血手段，高門大族日漸沒落，惶恐無依，如今祝融的出現，讓他們終於找到了依靠，把祝融看作救星，很快就凝聚成了一股不容低估的力量，與蚩尤抗衡。

高辛國內，少昊登基之後，迫切地希望改革一切，可是他知道不可能重複蚩尤的路，因為他和蚩尤的出身不同，身後的支持力量也截然不同，在他身後，主要的支持力量是掌握著兵權的年輕貴族，他們已經意識到了高辛的危機，渴望著高辛變得強盛，但是他們絕不可能接受會毀滅他們家族利益的劇烈變革，所以，少昊只能採取溫和的改良。

軒轅國內，黃帝在蟄伏幾千年後，終於真正吹響了大軍東進的號角，由青陽領軍，開始了對神農族的攻城掠地，一路凱旋，不但將之前兩百多年丟失的土地收復，還一連攻下了神農國的六座城池。

軒轅捷報頻傳，榆罔固然坐臥不安，少昊也不好受。他一直知道軒轅族在隱藏實力，但是他沒有料到軒轅隱藏的實力竟然如此強大，至少高辛絕對不能連下神農六座城池，更讓他想不通的是黃帝為什麼要選擇在這個時機大舉用兵。他明明可以坐壁上觀，讓祝融和蚩尤內鬥，等兩敗俱傷時，再出兵。軒轅黃帝幾千年都忍了，為什麼現在不願再忍？

因為帝位交替，軒轅和神農又爆發了戰爭，諾奈主動上書，請示少昊他與雲桑的婚禮是否要推後。

少昊左右權衡，想了很久後，下旨婚事如期舉行。

阿珩心內很是煎熬，上一次蚩尤來見她時，已經明確要求她離開少昊，可如今軒轅和神農開戰，雖然大哥和蚩尤還沒正面對敵，但是，只要父王想東擴，大哥和蚩尤戰場相逢是遲早的事情。她請少昊允許她離開幾日，少昊同意了。今非昔比，再沒有人監視他們的一舉一動，至於宮廷的禮儀，少昊只需做個傀儡放在榻上休息就可以了，反正全天下皆知王妃的身體不好。

阿珩帶著阿獙和烈陽到了若水。

這是阿珩第一次來四哥的封地。雖然青山連綿，可山勢沒有北方大山的雄渾，反倒因為水多，處處透著娟秀。

到達昌意的府邸時，她特意避開了守衛，想給四哥一個驚喜。不大的庭院中種著兩株若木，花才剛結出花蕾，紅色的小花苞如同一盞盞小燈籠。六棱花窗前，昌意穿著天青的衣袍，側坐在窗前，眉眼溫潤，唇畔含笑。昌僕身著大紅色印花筒裙，依在昌意身畔，學吹洞簫，吹不了幾句就犯錯，昌意總是笑著取過簫，重複一遍，輕聲指點。

幾經反覆，昌僕終於吹完了一首曲子，大笑著跳起來，「我會吹曲子了！」紅色衣裙映得昌意眼中的笑意分外濃郁，昌僕轉著轉著，旋到昌意身邊，親了他的唇一下。昌僕笑意盈盈，昌意卻臉紅了，下意識地看窗戶外面。

昌僕安慰他說：「沒事，沒事，多親親就好了，親啊親習慣了，即使當著全族人的面你都會若無其事。」

她這安慰的話簡直比不安慰還糟糕，昌意臉色酡紅，微蹙著眉，「總是沒個正經。」

阿珩看得忍俊不禁，噗哧一聲笑了出來。

昌僕臉色立變，寒光一閃，人已若閃電一般逼到了阿珩面前。

「四嫂，是我，是我。」阿珩趕忙叫。

昌僕身子急轉，匕首收回，「妳怎麼來了？」

阿珩眨眨眼睛，「我來聽你們吹洞簫。」

昌僕臉皮厚，昌意卻不行了，臉紅得如若木花一般，「來就來了，不好好叫人通報，反倒躲在一邊偷窺，妳可真是越來越沒個樣子！」

阿珩對昌僕吐吐舌頭，兩人相視大笑。

昌意拿她們沒有辦法，索性拿起一卷書翻看起來，不理會她們。

昌僕命侍女去準備晚飯，特意叮囑，一定要多備酒。

等酒菜置辦好，三個人圍著小圓桌坐下，邊喝酒，邊說話。

昌意問阿珩，「妳如今是高辛的王妃，怎麼能說出來就出來了？」

「少昊幫我掩護，他說可以，誰敢說不行呢？」

昌僕笑道：「少昊對小妹倒是好。」

昌意淡淡道：「他們這種人的好看似面面俱到，細緻體貼，其實都不過是些無關緊要的事情，等真正牽涉到自身利益時，一個比一個絕情。」

昌僕問道：「小妹，妳和蚩尤究竟是怎麼回事？」

阿珩的臉慢慢紅了，「我這次來就是想和哥哥嫂嫂商量這事。我和蚩尤……我們早在一起了。」

阿珩緊張地等著哥哥和嫂嫂的反應。

昌意神色平靜，昌僕噗哧笑了出來，「我早看出來了！小妹外冷內熱，非得要一把火辣辣的火把她燒得原形畢露，帶著她一塊燒起來，蚩尤那人比野火還可怕，正好把小妹燒著，少昊可不行，看著溫和，實際心比大哥還冷。」

阿珩的臉火辣辣地燙著，低聲說：「蚩尤讓我跟他走，少昊對我有承諾，我有辦法脫身，可如今的情勢，只怕大哥和蚩尤之間遲早有一戰，我真不知道該怎麼辦。」

昌意皺著眉頭沉思，昌僕嘆了口氣，說道：「他們男人要打打殺殺就讓他們去打打殺殺吧，不管勝敗，都快意馳騁過，他們自己都無悔無怨，妳又何必多想？想來想去都不可能解開這樣的死結。」

「四嫂，如果是妳，妳會如何選擇？」

「人生苦短，我會立即去找蚩尤！如果妳真心喜歡他，就可以為他拋開一切，如果他真心喜歡妳，自然也會體諒妳的承受底限，不會做把妳逼下懸崖的事情。」

昌意看著妻子，苦笑道：「蚩尤幾時收買了妳？」

「不是收買，而是我一看到他就嗅了出來，他身上有和我們相似的氣息。」昌僕指著窗外連綿起伏的青山，「他來自那裡。」

昌意說：「事情沒有那麼簡單。」

昌僕笑著嘆了口氣，對阿珩和昌意說：「這就是我們和你們的不同，在我們的眼裡，一切都很簡單，不知道怎麼辦時，只需聽從它。」她指指自己的心，「族裡的老人說了，它的聲音就是生命最真實的聲音！昌意，你肯定覺得小妹喜歡上蚩尤很可憐，其實，愛上小妹的蚩尤才更可憐！他必須盡力克制自己的欲望，學著去理解小妹的猶豫和顧慮，遷就小妹的行事準則。」

昌意睨著昌僕，似笑非笑地問：「什麼是妳這樣的、我這樣的？那妳可憐不可憐？」

昌僕臉色剎那緋紅，低聲卻迅速地說：「我很好……我很歡喜。」

阿珩看得捂嘴偷笑，真是一物降一物。

昌意問阿珩，「妳是不是心裡已經有什麼打算了？」

阿珩說：「我想問問你的意見。」

昌意說：「我以前就和妳說過，妳是我唯一的妹妹，不管妳做什麼，我都支持妳，如果父王和大哥不能給妳祝福，我和母親給妳。」

阿珩眼中有了淚花，昌意微笑著說：「妳不要擔心，我不會上戰場，我對打仗沒興趣，父王想爭霸天下，我沒有辦法阻止，但我至少有權力不讓若水的勇士們變成父王王座下的白骨，他們應該和心愛的女子生兒育女，白頭偕老。」

阿珩用力點點頭，昌僕笑著對阿珩說：「好了，小丫頭，想和情郎私奔就去收拾包裹吧，不用擔心我們會和妳的情郎在戰場相見。」

阿珩笑著站起，「那我走了。」

「不住一晚嗎？」

「不了，再過十日就是雲桑和諾奈的大婚典禮，少昊讓我負責準備，這大概是我在高辛做的最後一件事情了，為了雲桑，我可不能出任何差錯。」

昌意送她出來，含笑說：「當年雲桑在朝雲峰時，我還偷偷和母親說，讓大哥把雲桑姐姐娶了做我的大嫂吧！母親也有些心動，說讓他們自己相處，順其自然。可惜因為精衛溺死東海，雲桑只住了十年，就匆匆返回神農，那十年，大哥沒有回過一次朝雲峰，他們壓根沒機會見面，如果他們有機會見面，說不定這喜事就落在咱們家了。」

阿珩也笑，「是有點可惜。」

阿獙和烈陽飛落到院中，來接阿珩。

烈陽自從「復活」後，對任何人都是充滿敵意的冷冰冰，唯獨對昌意些微不同，竟然對昌意行了個禮。

昌意對他說：「我查閱過典籍，按道理來說妖族一旦能化形就可以變作成年人，可你是受虞淵之力，靈氣變異，提前化形，所以只能化作童身，你不用著急，好好修行，會慢慢長高的。」

阿珩笑拍拍烈陽的頭，「哎呀，原來我們的烈陽公子在擔心自己永遠是個小不點。」

烈陽不耐煩地打開了阿珩的手，「別把我當小孩！」

阿珩不理他，反倒趁機捏了一把烈陽粉嫩精緻的小臉，「你就是個小不點嘛！」趕在他發怒之前，抱著阿獙飛上了天空，笑嚷，「四哥，四嫂，我走了。」

烈陽惱得猛跺腳，變回鳥身，邊罵邊展翅追去。

昌意對著漸去漸遠的身影，揮著手。

昌僕倚在門框上，笑看著夫君，眸中是如水深情。

自從登基後，少昊從俊帝那裡拿回半個河圖洛書，就一直在試圖破解，但發現無論怎麼嘗試，只有半個的河圖洛書就像是廢物一樣，什麼都沒有。

河圖洛書裡究竟藏著什麼驚天的大祕密？為什麼在上古神族的口耳相傳中都把河圖洛書看得

無比重要？

少昊無奈地嘆了口氣，把東西收好，走出密室。

阿珩不知道什麼時候回來了，坐在殿內等他，許是等的時間有些久了，人靠著几案沉沉而睡。

少昊笑了笑，拿起一件自己的外衣披在她身上，把文書奏章往一旁挪了挪，縮坐在角落裡看起來。

半夜裡，看得累了時，他放下文書，眼睛休息著。

承恩殿如今因為人少，白天是安靜肅穆，到了夜裡，卻有些死氣沉沉。夜深人靜時，水漏的聲音就格外清晰，滴答滴答地響著，殿堂空曠，敲得好似整個宮殿都有了回音。少昊有時候想，父王是不是怕聽到水漏的回音才日日絲竹管弦。

今日夜裡，卻聽不到水漏的聲音。

阿珩大概趕路趕累了，又是趴著睡，輕微地打著鼾，呼哧呼哧——帶著幾分有趣的嬌憨。

少昊單手支頭，凝視著她，微微而笑。

阿珩動了動，迷迷糊糊地睜開眼睛，困惑地看著少昊，似乎正在用力想自己究竟在哪裡，皺著眉頭的樣子像是一隻慵懶的貓。

「我竟然睡著了，你怎麼不叫我？」

少昊微笑著說：「反正我要看文書。」

阿珩把身上的衣袍還給他，「我有事情和你說。」

「請講。」

「還記得我們新婚時的盟約嗎？你已經做到了兩件，只剩最後一件。」

少昊心中一震，微微頷首，「記得，妳幫我登上俊帝之位，我給妳一次選擇去留的自由。」

「如今你已經登基為帝，我可以選擇去留了嗎？」

少昊袖中的手漸漸握緊成拳，「請講。」

「我想離開。」

「妳想去哪裡？」

阿珩有些羞澀，聲音卻是堅定的，「我答應過蚩尤和他在一起，他去哪裡，我去哪裡。」壓在心底的話堂堂正正地說了出來，反倒好似搬開了一塊大石頭，有一種不管結果如何的坦然。

少昊眉眼低垂，沉默著。阿珩有點著急，「這是我們的約定！你如今已經是一國之君，這個條件雖然有點荒唐，可既不會傷害到高辛百姓，也不會波及你的安危，以你的智謀和能力完全能很穩妥地做到。」

少昊微笑著說：「妳別著急，我既然答應了妳，肯定會做到。我只是在想如何實施。」

阿珩舒了口氣，少昊說：「我和妳的婚姻代表著兩族的聯盟。黃帝如今正在攻打神農，絕不想和我的聯盟破裂，而我登基不久，帝位未穩，也不想和黃帝的聯盟破裂。」

「我明白，大哥和母親也不希望聯盟破裂。」

少昊想了想說：「我打算認妳的四嫂昌僕為妹，用最盛大的典禮隆重地冊封她為高辛的王姬，相當於透過昌僕和昌意，我與黃帝仍是聯姻，這樣也加重了昌意和昌僕在黃帝心中的分量，即使日後黃帝對妳震怒，也不會遷怒到妳四哥和母后。」

少昊不愧是少昊，竟然短短一瞬就想出了解決的法子，阿珩大喜，「謝謝你！」

少昊心中還有另一個更重要的計畫，如果青陽順利登基，不管阿珩是走是留都很好解決，只是現在不能告訴阿珩，一定要穩住阿珩，為青陽獲得帝位爭取時間。少昊說道：「再給我一些時間來安排，好嗎？青陽其實心裡比誰都疼妳，我和他一定會還給妳自由。」

阿珩同意了少昊的要求，「我們一言為定？」

「一言為定！」少昊望向窗外，沉沉黑夜，沒有一顆星子，青陽現在在做什麼？黃帝是否已經開始「生病」？只要青陽登基，給阿珩自由是輕而易舉的事情。

少昊道：「在妳離開高辛前的這段日子妳可以自由出入五神山，不過不要讓蚩尤再進入五神山，守衛已經更換了新的陣法。」

阿珩臉頰泛紅，低聲說：「嗯，那我回去了。」裙裾的窸窸窣窣聲漸漸消失。

少昊默默地坐著，半晌都一動不動。

夜色下，水藍色的帷帳散發著幽冷藍光，水漏的聲音均勻規律，清晰可聞，在空曠的殿堂迴響。

滴答、滴答、滴答……

在少昊的全力支持、阿珩的精心布置下，婚禮的一切都已經準備妥當，只等明日清晨的吉時一到，諾奈就會帶著迎親的隊伍出發，親自去高辛和神農的邊境迎接雲桑。

晚上，諾奈被安容、安晉一群朋友鬧到半夜，好不容易朋友都散了，他又興奮難耐，難以入睡，索性起來，仔細檢查著行裝，務必要給雲桑一個最完美的婚禮。

天還沒亮，阿珩就起身洗漱，換上宮服後，和少昊一起去送諾奈。

等他們到時，諾奈早就衣冠整齊、精神抖擻地等著了，似乎已經迫不及待地想出發。少昊調侃了他幾句，惹得一群並肩而戰的兒郎們都大笑。

一行人歡天喜地向著城池外行去，安晉他們摩拳擦掌地謀劃著如何好好鬧洞房，突然，驚叫聲傳來，喜樂戛然而止。前面的隊伍停住了，後面的卻還在前進，亂成了一團。

安容不知道發生了什麼，卻知道亂中一定會出錯，立即喝令保護俊帝，潛伏在暗處的侍衛們亮出了兵刃，森冷刀光映入阿珩的眼睛，她慌亂地看向少昊。

少昊握住她的手，高聲下令，所有人都原地待命。

在他鎮定威嚴的聲音中，眾人安靜下來，少昊握著阿珩的手向前走去，人群紛紛避開，讓出一條道路。

漸漸，他們看見了城樓。城門裝飾一新，張燈結綵，大開著，在城門正中央，吊著一個女子的屍體，她身穿華麗的新娘嫁服，頭戴鳳羽裝飾的禮冠，化著高辛的宮廷新娘妝，面朝著迎親的隊伍。晨風中，屍身蕩蕩悠悠，好似活著一般，正在等候她的良人來迎娶她。

阿珩看清那具女屍竟然是泣女，「啊」一聲慘叫，差點暈厥，少昊忙扶住了她。

他們身後的諾奈面色發青，直勾勾地盯著泣女的屍體。

將軍安晉晦氣地吐了口唾沫，命士兵去取下屍體，寬慰諾奈，只是死了個婢女，別因為這事影響大婚的心情，又不停地咒罵著低賤的婢女，竟然做出這等大逆不道的事情。

安容重重拉了拉安晉的衣袖，示意他別再罵婢女低賤了。這個女子的衣著、裝扮處處表露著身分不凡。高辛的常曦部以鳳為印，她喜服上的鳳繡，頭冠上的鳳羽，都是常曦部的徽印。

諾奈走到少昊面前，指著他們腳下泣女的屍體，質問少昊：「她究竟是誰？」

少昊沉默了一瞬後說：「我以為她是你揀來的婢女。」

阿珩聽到他們的對話，覺得他們似乎已經知道泣女是誰，可他們的表情讓她從心底透出寒意，一點都不想知道泣女的來歷。她想大聲對諾奈說，別管了，快去迎親吧，雲桑正在等著你！可是地上的泣女，睜著雙眼，靜靜地看著她，讓她一句話都說不出。

諾奈嘶聲大叫：「有誰見過這個女子？有誰知道她的身分？」

半晌後，一個盛裝打扮的婦人哆哆嗦嗦地走了出來，對少昊和諾奈行禮，「妾身懂得刺繡，小有名氣，曾去常曦部教導過幾位小姐學習刺繡，這位是常曦部的冰月小姐，她的父親是二殿下的舅父。」

諾奈臉色煞白，緩緩蹲下身子，失魂落魄地看著一身新娘裝扮的冰月，眼中全是愧疚自責。

常曦部，宴龍？阿珩漸漸明白了泣女是誰，原來她就是那位曾和諾奈有過婚約的女子，原來她自稱泣女是因為諾奈的背棄而哭泣，可是她與諾奈之前壓根沒見過面，縱使心慕諾奈的儀容才華，也不至於被諾奈退婚後，要苦心孤詣地潛伏在諾奈身邊兩百年，以致最後真的情根深種，用死來抗爭。

冰月櫻唇微張，似乎含著什麼東西，諾奈輕輕掐開她的口，一塊潔白的玉石滾落在諾奈手掌，隨著玉石的滾落，她的雙眼凝視著諾奈慢慢合上，猶如終於說清楚了想說的話，安心離去。

諾奈身子打著寒顫，握著玉石，盯向少昊，厲聲喝問：「你當年究竟做了什麼，才逼得常曦部取消婚約？」

安容一把抓住諾奈，推給安晉，對少昊磕頭請罪，「懇請陛下念在諾奈悲急攻心，口不擇言，饒恕諾奈的不敬之罪。」

不遠處傳來叫嚷聲和哭泣聲，看來是常曦部已經聽到傳聞，正帶著人趕來。有人高聲叫著，「殺了諾奈！讓他給小姐賠命！」

安容忙對少昊說：「冰月是宴龍、中容的表妹，有諾奈背叛婚約的事實在前，此事只怕會被中容利用，挑起大亂，為了安全，陛下和王妃速速回宮。」

少昊點點頭，「為了諾奈的安全，讓他和我一起回承恩宮。」

一行人匆匆趕回了承恩宮。

少昊屏退了所有侍衛，靜靜看著諾奈。諾奈握著那枚白色的玉石，走過來，把它放在少昊面前，「陛下學識淵博，肯定知道這是什麼，為什麼冰月小姐要口中含著它自盡？」

阿珩盯著潔白的玉石，忽然想起了高辛閨閣中流傳的一個故事。因為父母貪慕權勢，強逼已有婚約的女兒改嫁，這位貞潔的女子在大婚時，說自己白玉之身，絕不會讓汙濁玷身，握著以前夫家送的一塊白玉，投水而亡。從此，高辛的女子出嫁時，常會在手中握一塊白玉，表明自己如白玉一般堅貞清白。

少昊凝視著白色玉石，神情複雜，半晌後說：「當年，你醉酒後在幾位王子的面當眾承諾了婚事，父王最注重禮儀，後宮又完全被常曦氏姐妹把持，已經是鐵定的事實，絕不可能退婚，我想了無數種法子，都沒有成功，可不管是為了你，還是為了我自己，你都不能娶常曦氏的女子，所以我就出了下下策，派人設計冰月，證明她與別的男子有染，這才逼得常曦部取消了婚約。」

「你……」諾奈臉色發青，聲音嘶啞，「你可知道女子名節在高辛意味著什麼？」

「我當然知道，可如果我不這樣做，你想過後果嗎？冰月被父兄作為工具嫁給早就心有所屬的你，難道就能幸福？羲和部歸順了宴龍，你能眼睜睜地看著宴龍把我、安容、安晉都殺死嗎？」

諾奈一下子變得萎靡不振，歸根結底，都是他一時糊塗惹的禍，少昊只是在幫他收拾爛攤子。

「其實，我早想好了對冰月的補償。」

諾奈尖銳地譏嘲，「補償？你用這麼下作的手段去對付一個無辜女子，怎麼補償？縱使你用帝王的威嚴逼迫一個男子娶了她，可她的丈夫依舊會瞧不起她！」

「她的丈夫絕對不會！因為我打算自己娶她，我自然知道她清清白白！」

諾奈愣住，少昊苦澀地說：「我當時考慮，登基後，就把她娶入宮中，盛大地冊封她，既是補償對她的傷害，也是保全她，當然，還可以幫助我分化、拉攏常曦部，只是、只是……」少昊輕輕看了一眼阿珩，「只是最近事情太多，一時沒想起冊立妃嬪，晚了一步。」

諾奈怔忪了好久，高聲慘笑起來，對少昊重重磕頭，「小時候，你就說我太感情用事，可我反倒嘲笑你做事太理智周全，冰月的死歸根結底全是我鑄成，你並沒有做錯什麼，我剛才怒氣沖沖地譴責你，只是我心底害怕失去就要擁有的一切，不願意承擔害死了泣女……冰月的罪過。」他站起，向著殿外搖搖晃晃地走去。

「諾奈！」阿珩著急地叫，猶豫地問：「雲桑……她、她怎麼辦？」

諾奈回頭看向她，滿面痛苦，眼中隱有絕望，「妳覺得她能從掛著冰月屍體的城門下歡喜地走過，快樂地嫁給我嗎？我害死了冰月，難道還要雲桑去承受天下人的鄙視嗎？」

阿珩眼前浮現出冰月身穿喜服，頭戴鳳冠，懸掛在城樓，雙眼圓睜，看著諾奈的樣子，一股寒氣從心底湧到口中，凍得舌頭打了結，一句話都說不出，只能看著諾奈踉踉蹌蹌地走了出去。

一連幾日，宮外鬧得不可開交，宮裡卻靜悄悄，少昊怕中容他們藉故殺了諾奈，下令嚴密看守諾奈，不許他走出承恩宮一步。

在少昊的強力壓制下，冰月自盡的事情漸漸被壓了下去，沒有人敢再提冰月的死，也沒有人敢再提起諾奈和雲桑的婚事，就像從來沒有過一樣。

諾奈日日爛醉如泥，不管誰去找他，他都是不言不語，抱著酒罈子昏睡。

阿珩不知道該怎麼辦，去問少昊。

少昊說：「冰月在諾奈身邊兩百年，深得諾奈信任，她明明有無數種法子報復諾奈，可她偏偏選擇了最絕望的一種。她用新娘的裝扮，盛裝在城樓懸屍自盡就是立志要毀滅諾奈和雲桑的婚事，中容又藉機把事情鬧得那麼大，讓全城的人都知道諾奈悔婚另娶，貪慕地位高貴的神農長王姬，逼得一個清白堅貞的女子只能以死明志。如今整個高辛都在唾棄諾奈，厭惡雲桑。我能壓制住中容他們，但是我封不住悠悠眾口，不要說他們的婚事，就是諾奈的官位都難以保全，每天都有官員在彈劾他。」少昊把一堆奏章推到阿珩面前。

阿珩問：「那就沒有辦法了嗎？」

少昊神情黯然，「只能等待時間給出最後的結果，冰月刺到諾奈心上的傷也需要時間平復，人們最終會漸漸淡忘一切。」

阿珩寫信去安慰雲桑，雲桑的來信，語氣十分平穩，就像她的人，越是悲傷時，越是鎮定，反倒語重心長地勸她：人生風雲，變幻莫測，禍福轉瞬，惜取眼前最重要，不要再讓蚩尤苦苦等候了！

阿珩握著信，抬頭看向窗外，馬上就要四月初八，又是一年九黎的跳花節。突然之間，她覺得自己再無法忍受承恩宮裡黑暗沉重的一切，迫不及待地想見到蚩尤。

阿珩安排好宮裡的一切，提前趕往九黎。

九黎山中的桃花開得如火如荼，掩映在桃花林中的竹樓門扉深掩，靜待歸人。

也許因為自由就在前面，阿珩推開門時，有截然不同的感覺，她走到露臺上，眺望著四周的群山，越看只覺越歡喜，問阿獙：「我們以後就在這裡安家，好不好？」

阿獙笑著在草地上打了個滾，蹬著四隻爪子，表示歡喜。

「烈陽，你覺得呢？」

烈陽坐在桃花樹上，不冷不熱地說：「妳覺得好那就好了。」

阿珩用力拍了下手，「好，我們明天就開始布置我們的家！」

睡了一覺後，阿珩去集市上轉悠一圈，買了一堆東西，等她回來時，烈陽和阿獙已經把竹樓從裡到外都打掃得乾乾淨淨，煥然一新。

阿珩收拾好自己和蚩尤的屋子後，在竹樓上專門給烈陽布置了一個房間，又在桃樹上給烈陽搭建了一個鳥巢。

阿珩笑問阿獙：「平日裡你可以在桃花樹下歇息，和烈陽毗鄰而居，下雨時，就住在竹樓中，怎麼樣？」

阿獙眉開眼笑，繞著桃樹打轉。

阿珩布置好一切後，站在竹樓前仔細打量著，綠竹樓、碧螺簾、天青紗、鳳尾竹、桃花林……好像還缺點什麼？

她朝屋子裡跑去，從舊箱子裡找出當年玉山上懸掛的獸牙風鈴，顏色舊黃，卻別有一番上了年頭的滄桑感。

掛到廊下，清風吹過，叮叮噹噹、叮叮噹噹，聲音依舊像三百年前一樣悅耳。

蚩尤乘逍遙來到九黎時，看到阿珩已經等在了桃花樹下。

蚩尤飛躍而下，大笑著抱住阿珩，「到了多久？去聽山歌嗎？」

阿珩笑搖搖頭，拽著蚩尤的手，「我們回家。」

緋紅的桃花開滿山坡，碧綠的竹樓在花叢中若隱若現，人還未走近，已經聽到了風鈴的叮叮噹噹聲，時有時無，煞是悅耳。蚩尤不禁加快了步伐，待行到竹樓前，只覺眼前驟然一亮。

竹樓的四周圍起了竹籬笆，籬下種著薔薇、石菊、牽牛、杜鵑……紅的、黃的、白的、藍的……形態各異、五顏六色的花開滿了籬笆。屋後開出一小畦菜地，烈陽正指揮著十來隻鳥飛來飛去地播種，忙得熱火朝天，阿獙懶洋洋地臥在桃花樹下，乍一看像一條看門犬。

蚩尤愣愣站著，他自小長於荒郊野嶺，嘯傲山林，快意馳騁，整個天地都屬於他，卻從未有過「家」，小時他見每到炊煙升起時，孩子們都會在母親的呼喚聲中，快樂地奔回一座座屋子，那時他不明白自己為什麼寧願被打，也徘徊在村落外不肯離去，後來他能明白了，卻不願去想。今日，他真正知道了，那個野獸一般的野孩子不停地繞著山寨轉來轉去，躲在樹林間偷窺每一戶人家，只是因為他也想走進一個屬於他的家。

蚩尤強壓著澎湃心潮，說道：「如果推開門扉，再看到一桌菜，那可真就是回家了。」

阿珩挑開碧螺簾，「我們到家了。」

桌子上的菜肴熱氣騰騰、香氣撲鼻，蚩尤默默走了過去，跪坐下開始用飯，吃得十分香甜。阿珩坐到他身邊，嘗了一口，皺了皺眉，種花弄草她還行，可這飯也就是勉強下嚥。

蚩尤含笑道：「以後我來做飯就行了。」

阿珩聽到那個「以後」，只覺心花怒放，忙不迭地點頭，「說話算話，不算話的是……」說別人是畜生，算罵人，說蚩尤是畜生，那可算褒獎，蚩尤高興著呢！阿珩皺著眉頭想了一瞬，「不算話的是人！」

蚩尤剛喝了一口酒嘎，聞言全噴了出來。

阿珩笑看著他，這世上還有什麼比看到心愛的人歡笑更幸福呢？

他們用過飯後，坐在竹樓上喝茶納涼，蚩尤低聲問：「這真是妳給我的家嗎？」

「也是你給我的家。」

「那少昊給妳的家呢？」

阿珩笑吟吟地賣著關子，故意逗他，「如果你表現得好，我就會離開少昊。」

蚩尤此時心滿意足，全不在意，挑起阿珩的下巴，似笑非笑地問，「妳指哪方面？榻上嗎？」

阿珩羞惱，掄拳打他，蚩尤把她抱到腿上，雙臂圈著她的手，不讓她亂動，阿珩靠在他肩頭，問道：「這次你能留幾天？」

「妳能留幾天，我就能留幾天。」

「宮裡有個傀儡代替我，有少昊的遮掩，根本看不出是假的，大家又都知道我身體弱，不怎麼見客，我多住幾天，也不會有人察覺，你可是督國大將軍。」

「祝融出關後，忙不迭地攬活幹，這幾百年榆罔嘴頭不說，心裡卻也覺得我過於殘暴，正好借助祝融，平復一下那些諸侯貴族們的怨氣，我現在樂得清閒。」

阿珩意有所指地問：「清閒到可以退養山林了嗎？我們可以就在九黎定居，你種桃樹，我來養蠶。」

蚩尤笑著，卻笑而不答，半晌後他說：「總會有那麼一天！不過，我可不耐煩種桃子。我要帶妳和逍遙做一些所有人都沒有做過的事情。眾人都說大荒的最東面是湯谷，最西面是虞淵，最南面是南冥，最北面是北冥，可湯谷的東面，虞淵的西面，南冥的南面，北冥的北面是什麼？難道就是無邊無際的湯谷虞淵、南冥北冥？等到那一天，我們一起坐著逍遙去看看所有人都沒有去過的地方。」

「還有烈陽和阿獙。」

「嗯，還有烈陽和阿獙！」

阿珩笑了，伸出小手指，「打勾勾！」

蚩尤笑勾住她的手指，「永不變！」

兩人來來回回用力勾了幾下，大拇指對按在一起，就好像兩個人在親密的親吻，他們凝視著自己的手指，哈哈大笑，不約而同地五指張開，交握住了對方。

蚩尤另一隻手抱著阿珩走進了屋子，把阿珩放在榻上，扯開她的衣衫，掌心貼著她的腹部，滑到胸口，從胸口滑到臂膀，與另一隻手掌交握，糾纏在一起。

屋簷下的風鈴，歡快地在風中蕩來蕩去。

叮噹、叮噹、叮噹……

山中日月流逝快，不知不覺中，蚩尤和阿珩已經在九黎住了一個多月。

有時候，阿珩覺得這樣的日子可以永遠持續下去，只要他們躲在九黎，不管外面發生了什麼，都和他們沒有關係。

可是，他們可以遺忘掉外面的世界，外面的世界卻不會遺忘掉他們。

赤鳥帶著一份玉簡飛來了九黎。

蚩尤看完玉簡後，對阿珩說：「我必須要回去了。黃帝御駕親征，已經打敗了共工，神農軍心散亂，榆罔被祝融鼓動，為了對抗黃帝，也準備御駕親征。」

「什麼？」阿珩震驚地不敢相信。

「三千年前，黃帝軒轅一夜之間打下燕北十八峰的奇蹟還在神族中記憶猶新，黃帝任統帥的消息傳出，神農國的將領都心驚膽戰。榆罔派了勇猛的共工出戰，共工卻慘敗，神農舉國皆驚，不斷有臣子向榆罔進言應該割地求安。榆罔為了穩定軍心，激勵士氣，在祝融的鼓動下，也決定御駕親征，大軍已經出發。」

黃帝和炎帝親自對決？

阿珩頭暈目眩，扶著窗戶，慢慢地坐到了地上，山中不過一月，世上竟然已經風起雲湧，天地變色。

蚩尤的性子從來不拖泥帶水，他用力抱了一下阿珩，就躍到逍遙背上，「事情平息後，我會來找妳。」

阿珩默默地點了下頭，心中有重重壓迫，猛地拽住他說：「你可不可以不要去？」

蚩尤笑挑了挑眉，「阿珩，妳知道妳的男人是什麼樣的性子。我被祝融追殺時，是榆罔深夜跪求炎帝收回殺我的旨意；我到神農山後，所有人都既鄙視我又害怕我，只有榆罔用平常心待我，和我一起喝酒；我怒氣沖沖打傷眾人，逃下神農山，連炎帝都決定放棄我，是榆罔星夜來追趕我，跟了我幾天幾夜。如果沒有這個心慈手軟、婆媽囉嗦的榆罔，就沒有今日的蚩尤，也就沒有妳我的再次相逢。」

阿珩不能言語，的確如蚩尤所說，連炎帝都為了神農對蚩尤有算計之心，可榆罔自始至終一直待蚩尤赤誠真摯，蚩尤對他的敵人固然凶殘，對他的恩人更是湧泉相報。

蚩尤從窗口探過身子，狠狠親了阿珩一下，「我走了！」

阿珩緊緊握著他的手，不想放！

逍遙慢慢升高，他的手從她手裡漸漸遠去。可逍遙似乎也知道阿珩的心情，並沒有像以往一樣，一閃而逝，而是慢慢地飛著，蚩尤回頭凝望著阿珩。

整面山坡都是桃林，此時已是綠肥紅瘦。東風送春歸去，落花殘蕊被捲得漫天飛舞。小巧的竹樓座落在桃花林間，阿珩站在窗口，目送著他離去，青色的身影在迷迷濛濛的桃花雨中透出了孤單。

阿珩知道他的心情也不好受，用力揮了揮手，故作歡快地大聲叫：「下次你回來時，我們就可以做自己種的菜吃了。」

蚩尤只覺柔情百轉，眼眶發澀，似乎滿胸鐵血豪情都化作了千迴百轉的繞指柔，莫說英雄無淚，只是未到落淚時。

阿珩的身影漸漸模糊了，蚩尤猛地回頭，一邊命逍遙加速，一邊高聲而唱，將一腔激情都化作了最奔放熱烈的情歌，讓天地都聽到他對心愛姑娘的情意。

第二十三章 棄我而先，孰飲我酒，孰聽我琴

從今後，再沒有一個人能讓他想起時，心頭有暖意，
不管王座多冰冷，這天下都有一個人與他肝膽相照……
從今後，世間再無——青陽！

阿珩把竹樓收拾好後，啟程趕往高辛。

一路行來，她清楚地感覺到兩大帝王正面對決對整個大荒的衝擊。往日繁華的街道變得冷清，城外的大道上總能看到匆匆趕路的馬車向著高辛奔馳，車上坐滿了抱著大包小包的人，也許在他們心中那個沒有參與戰爭的高辛是大荒最後的安寧之地。

每個人的臉上都不再有笑容，家中有徵兵的人固然愁眉不展，擔憂著親人的安慰，沒有徵兵的人也不能放心，因為他們的兒子、丈夫隨時都有可能被徵召入伍。

神農國愁雲密布，高辛國則截然不同，茶樓酒肆的生意越發熱鬧，忙碌了一天的人們喜歡聚

到這裡，聽一聽避難而來的神農人講一講那場距離他們很遙遠的戰事。

戰爭發生在自己身上時是痛徹心肺的疼痛，與己無關時，卻是精彩的熱鬧。

這些安寧地享受著別人精彩的高辛百姓並不知道少昊的焦慮和擔憂，以及他為了他們這份安寧所做的一切和即將要做的一切。

阿珩回到五神山時，徑直去找少昊，她迫切需要知道有關戰事的一切。

夕陽西斜，少昊一人靜坐在殿前的臺階上，整座華美的宮殿空無一人，就好似只剩了他一個，透著難言的蕭肅。

每隔一會，就會有一隻玄鳥飛來，落在他的手上，向他呈報著消息。

他看到阿珩，淡淡一笑，「妳回來了。」

阿珩坐到他身邊的臺階上，「結果會如何？」

「只會有兩個結果，軒轅勝，或神農勝。我不知道究竟是哪個結果。」

「你希望哪個勝？」

「妳想聽真話？」

「嗯。」

「同歸於盡不可能，我只能降低希望，兩敗俱傷吧！」

阿珩苦笑，「真不知道我大哥怎麼忍得了你？」

少昊笑著，眼中卻是思慮重重，青陽，你究竟在做什麼？為什麼不回覆我的消息？

「現在是什麼情形？」阿珩問。

「剛才的情報是兩軍在阪泉對峙，一觸即發。」

一隻玄鳥穿破夕陽的光影，翩翩落在了少昊的指頭上，少昊靜靜看完玉簡，一揚手，玄鳥又飛走了。

「應龍率領妖族的兩路軍隊從南翼率先發起了進攻，黃帝應該是想利用妖族遠勝於神族和人族的速度，強行跨過濟水。」

「我聽大哥說過應龍，是罕見的將才，智勇雙全，父王看來想先聲奪人，對手是誰？」

「后土。」

竟然是他，應龍並沒有勝算，阿珩沉默，少昊也是沉默。

不一會，玄鳥又飛了來。

「夷彭率兩路軍隊從西翼出發，即將和祝融相遇。」

阿珩輕聲說：「夷彭性子堅忍，行事謹慎，可祝融的神力遠勝於當年，夷彭不是他的對手。」

「不要忘記，黃帝是這個天下最會下棋的謀略家。夷彭一母同胞的哥哥軒轅揮被祝融活活燒死，夷彭等這個復仇的機會已經等了幾百年，他會毫不畏死地戰鬥，黃帝給他的又是精銳部隊，祝融神力再高，他都怕死，夷彭至少有四成勝利的希望。」少昊略帶譏諷地讚嘆，「黃帝十分懂得在什麼樣的地方落什麼樣的棋子，連兒子的仇恨都會被他精確的利用。」

阿珩默不作聲，人人尊崇黃帝，卻不知道當黃帝的兒女並不是一件容易的事情。

夕陽慢慢落了，天色轉黑。

朝陽慢慢升起，天色轉亮。

玄鳥一隻又一隻來了，又去了。

已經一夜一日，應龍和后土仍然在血戰，夷彭和祝融也僵持不下。

又一隻玄鳥飛來，少昊說：「妳父王率領四路軍隊出發，和蚩尤的大軍相遇。」

阿珩面色發白，少昊蹙眉沉思，青陽呢？青陽去了哪裡？這麼重要的戰役，黃帝怎麼會不用青陽？

他隨手一揮，面前出現了一幅水靈凝聚的地圖，高聳的阪山，七泉相通的阪泉，險要的阪城，水流湍急的濟河……一個阪泉之野的地形非常形象立體地展現了出來。

少昊邊看邊低聲自語：「濟水只有在這裡最狹窄，可以渡河，所以黃帝派熟悉水性、行動迅速的妖族從這裡進攻，進攻的策略很正確。炎帝已經想到，所以派了謹慎小心的后土駐守此處，防守的策略也沒有錯。」

他指著阪山四周，「夷彭從這裡出發，祝融的軍隊在這裡，精銳對抗精銳；黃帝從這裡出發，蚩尤的軍隊在這裡，用黃帝的威攻擊蚩尤的猛。」看上去黃帝的計畫天衣無縫，正在全力奪取阪城，可是……到底哪裡不對？哪裡不對？

少昊一直皺眉沉思，水靈凝聚的地圖在月色下藍光瑩瑩，照得他神色陰晴不定。

阿珩說：「父王自小就教導我們要珍惜實力、謀定後動、一擊必中，我怎麼都沒有料到父王這麼快就會傾全國之兵進攻神農，逼得炎帝也傾巢出動，兩軍決戰。」

少昊猛地站了起來，神色大變。

全力對全力！黃帝不是這樣的性子！這就是不對的地方！

幾千年前，軒轅族只是個小神族，黃帝不得不珍惜每個兵力，因為他浪費不起！以弱小蠶食強大，迴避正面作戰，盡量不犧牲自己的力量，這才是他一貫的風格。江山易改，本性難移，黃帝怎麼可能突然改變呢？而且他還明知道高辛在旁窺伺，巴不得他們兩敗俱亡，所以不可能！

阿珩忙問：「怎麼了？」

少昊定了定心神，凝視著地圖說：「整個大荒都被黃帝騙了，雖然古歌謠一直唱『失阪城，失中原；得阪城，得中原』，但黃帝不是想要神農國的第一要塞阪城。」

「那我父王舉全國之兵想要什麼？」

少昊說：「他想要炎帝的命！」

阿珩猛地跳了起來，神色驚駭。

少昊說：「戰爭打的不僅僅是武力，更是國力，神農在蚩尤和榆罔一剛一柔的治理下，國力強盛，人民富足，貧瘠的軒轅怎麼可能和富庶的神農對抗？這兩百多年來，妳父王使用了無數的計策，想離間榆罔和蚩尤，但蚩尤狡猾如狐，從不上當，榆罔卻像個榆樹疙瘩，認定一個死理，別的都不理會。在強盛的神農面前，黃帝東擴的願望似乎已經不可實現，但只要榆罔一死，情勢就會立變，蚩尤行事太剛烈，剛則易折，這兩百多年來一直是榆罔的懷柔手段在化解著各方和蚩尤的矛盾，那些諸侯國主們再不滿，只要榆罔在一日，他們也只能是希望削弱蚩尤的權力，並不敢反叛，但如果榆罔一死，這些人不會敬服和他們出身利益皆不同的蚩尤……」

阿珩臉色煞白，喃喃說：「神農國就會四分五裂，父王就可以各個擊破。」

少昊望著地圖，帶著幾分敬畏地感嘆：「神農炎帝！軒轅黃帝！」如果說前代炎帝利用蚩尤獨特的出身和性格，劍走偏鋒，下了一步絕妙之棋，那麼黃帝如今就是又利用蚩尤獨特的出身和性格，成功地破解了炎帝的必殺之局，並且反將炎帝一軍。

兩位帝王隔著生死的距離下了一盤長達幾百年的棋，他看到如今，才知道他們這些人比起兩隻老狐狸還是差了很多。連他這個觀者都看得又是心生畏懼，又是心癢難搔，想知道如果炎帝仍在，會如何回應黃帝的破軍之招，可是，炎帝畢竟早已經死了，所以，他不可能再落子。黃帝贏定了！

少昊突然冷汗直冒，黃帝這樣的人物，他怎麼能自負地以為可以像對付自己的父王那樣去對付？青陽，殺心一起，命危矣！

少昊立即召喚玄鳥。

阿珩耳畔一遍遍迴響著少昊的話：黃帝是想要榆罔的命，黃帝是想要榆罔的命……蚩尤也許什麼都不在乎，權利、地位、名譽、甚至生死都不過是他一場縱橫塵世的遊戲，但是榆罔不同——

阿珩匆匆召來阿獙，飛向西北方，連招呼都顧不上和少昊打，沒想到，少昊也策著玄鳥全速向西北方飛。

他們都神色凝重，一聲不吭，只知道用足靈力，驅策坐騎全力飛行，都在心裡焦急地吶喊。快點，再快點！

只要晚一步，也許就會失去這生這世心中最不想失去的東西。

可是，縱使他們靈力再高強，阿鰍和玄鳥速度再快，關山幾萬里，也不可能一瞬到達。

阪泉之野，日薄虞淵時分。

泣血殘陽，如塗如抹，將所有山川河流都浸染成了紅色，整個大地就像是用鮮血潑染出的巨幅山水畫。

雄偉的阪山佇立在荒野，像是一位遲暮英雄，淒涼磅礴。

阿珩和少昊駕馭坐騎衝向阪山，有士兵來攔截他們，可連他們的臉都看不清楚，就被打下坐騎。

在阪山和阪河之間，有一條河水改道後留下的深壑，深壑之上，黃帝和蚩尤帶著兩方人馬在激鬥，因為是神族對神族，又沒有用陣法，各種靈力激撞在一起，顏色變換，恍若虹霓，五彩繽紛，煞是好看。

少昊看到「黃帝」，阿珩看到蚩尤，都鬆了一口氣，他還在！

突然，巨厚的聲音響徹天地，「榆罔已死！」

榆罔已死！

兩邊的戰士都下意識地望向空中。

天空中出現了另一個黃帝，穿著金色鎧甲，威風凜凜地站在重明鳥背上，一手握金槍，一手提著一顆人頭。

因為剛被斬下，頭顱上還連綿不斷地滴著鮮血，靈力隨著鮮血飄逸，血滴就變成了綠色光點，像是無數隻螢火蟲在曼妙的飛舞。

在綠色光華的籠罩下，頭顱分外清晰，頭上戴著建木雕成的王冠，五官栩栩如生，眼睛驚訝地圓睜著，唇畔帶著深深的抱歉，好似在對他的子民抱歉地說：對不起，我不能再保護你們了！又好似在對父親抱歉，對不起，爹爹，我沒有做到對您的承諾！還好似在對蚩尤抱歉，對不起，好兄弟，我不能再和你並肩而戰了！

劇變之下，神農的士兵搖搖晃晃地跪倒，軒轅的士兵也變得呆呆傻傻。

阿珩軟倒在阿獙背上，淚眼迷濛中，她看到蚩尤和逍遙化作閃電，撲向站立在重明鳥背上的黃帝，「不！」驚恐悲傷的尖叫趕不上逍遙的速度。

黃帝所站的位置經過精心考慮，這麼遙遠的距離，任何坐騎都不可能一瞬到達，一旦有變，他的貼身侍衛可以立即應對。可是，黃帝不知道蚩尤的坐騎不是普通的鵬鳥，而是北冥鯤所變化的大鵬，可以一振翅就九萬里，所以，當蚩尤閃電般地到了黃帝面前時，黃帝完全沒有想到。

蚩尤劈手奪過榆罔的頭顱，悲憤下，對榆罔嘶聲吼道：「榆罔，你看著，我這就替你報仇！」

他咬住榆罔的頭髮，榆罔的頭掛在他頸下，睜著雙眼，看向前方，恰恰凝視著黃帝。蚩尤空出了雙手，整個手掌變得通紅，所有山川河流草木的力量都匯聚向他的手掌。

黃帝雙眼驚恐地睜大，所有情報都說蚩尤修煉的是木靈，可是現在他才知道，情報錯了，蚩尤是五靈兼具！在激怒悲傷下，蚩尤冒著毀滅自己靈體的危險，調集著阪泉之野全部的五靈，五靈固然相剋，可是也相生，蚩尤一旦開啟了陣門，金木水火土自己互相吸引，旋風般地匯匯聚向他。

黃帝感覺身體周圍全被抽空，任何靈力都沒有了，他只能呆呆地看著蚩尤的靈力如巨龍一般向他撲噬而下。他日日教導青陽，犯錯就是死！今日他要用自己的生命再次驗證這個道理。

砰！

巨大的聲音，響徹天地。飛沙走石，天昏地暗，連星辰都消失。

黑暗中，什麼都看不見，天地似乎都要死去。

一瞬後，眾人揉著眼睛，看到漆黑的天空中，蚩尤腳踩大鵬，怒目而視，頭髮隨風狂舞，血紅的袍子獵獵飛揚，臉色觸目驚心得煞白，七竅皆在滴血，他口中又緊咬著榆罔的頭，看上去十分恐怖，就好似魔域來的魔王。

眾人心驚膽裂，軒轅族的士兵甚至在後退，生怕被蚩尤吞噬掉。

就在此時，蚩尤身子晃了幾晃，昏死過去，從逍遙背上摔下，墜向大地，逍遙尖叫一聲去追他。

應龍大叫「射」，無數箭矢飛向高空。

阿珩揮掌劈開箭矢，心急如焚，去救蚩尤，只怕晚一步，他的靈體就會煙消雲散。

少昊大叫：「阿珩！」

阿珩應聲回頭，看到：黃帝身前又是一個「黃帝」，七竅流血，正在軟軟地倒下。

少昊抱住了「黃帝」，隨著靈力的消失，他的面容慢慢地變成青陽的樣子。

原來，剛才和蚩尤作戰的黃帝是青陽所化，他變作黃帝吸引著所有人的注意力，而真正的黃帝則帶兵去暗殺榆罔。當蚩尤策大鵬去擊殺黃帝時，青陽應變迅速，立即抓住大鵬的雙爪，跟著蚩尤一塊過來。從蚩尤奪榆罔的頭到全力擊殺黃帝，只是短短一瞬，電光石火間，青陽為黃帝擋下了蚩尤的雷霆一擊。

阿珩驚恐地看著青陽，不相信靈力高強的大哥也會倒下。

一邊是生死未卜的蚩尤，一邊是生死未卜的大哥，一個瞬間，阿珩竟然不知道自己究竟該去救誰，她的心就好似被割成了兩半，兩半都疼得她喘不過氣來。

少昊凝聚起所有的靈力，攔阻著青陽靈體的散去，但是，沒有任何作用了，整個靈體已經裂成粉末，比水靈更小。他滿頭冷汗，對阿珩淒聲大叫：「阿珩、阿珩！」希冀著神農氏的醫術能挽留住青陽。

阿珩像是被抽離了靈魂，沿著少昊的呼喚，茫茫然地飛向大哥，倉皇間，看到逍遙抓住了蚩尤，厲聲悲鳴，一聲又一聲，如刀劍一般刺入阿珩的耳中。應龍他們還欲追殺，逍遙一個振翅，扶搖而上，直沖雲霄，消失不見。

阿珩第一次聽到逍遙這樣悲傷的慘叫聲，雖然飛向了大哥，可耳邊一直迴盪著逍遙的悲鳴，好似每一聲都在質問著她，妳為什麼身負高超的醫術，卻不肯救重傷的蚩尤？妳為什麼竟忍心看著蚩尤死去？為什麼？

她的心猶如冰浸火焚，被無數鋒利的刀子割著，身子不自禁地打著寒戰。

少昊近乎哀求地看著她，急迫地說：「妳一定能救青陽！」

阿珩緊咬著牙，穩著心神去查探大哥。等發現大哥的靈體已經潰散，她耳邊淒厲的悲鳴聲突然消失了，所有的聲音都消失了，心不再痛，身子也不再冷，就好似被逼到懸崖邊的人，剛開始很痛苦，可真摔下去後，粉身碎骨、萬劫不復了，疼痛反倒感覺不到了，只有無邊無際的絕望。

少昊著急地問她，「不要緊，對嗎？一定沒事，對嗎？妳一定能救他！」

阿珩臉色灰白，緊咬著唇，咬得鮮血直流，她也一無所覺，只是用金簪刺著大哥的穴位。

青陽微笑地看著他們，「很好，你們都在，可惜昌意不在，不過也好，讓他不要看到我這麼狼狽的樣子，我可是無所不能的大哥。」

少昊整個身子都在顫，仍在不甘心地用水靈替青陽療傷，「別胡說，我們現在就去歸墟，一定會有辦法！我一定能救活你！」

青陽笑著，「我有話和你說。」

少昊把靈力源源不斷地注入青陽體內，「等你傷好了再說。」

「我們打了多少年？」

「兩千多年吧。」

「兩千八百多年了。」青陽咧著嘴笑，「我突然覺得好輕鬆，不用再和你分出勝負。」

兩千多年後，少昊終於再次見到了，那個夏日午後，扛著破劍、嚼著草根的少年，走進打鐵鋪時令他嫉妒不解的笑容。

少昊突然覺得很憤怒，失態地對青陽吼，「我們說好了要先並肩而戰，再生死對搏，你為什麼要失約？」

青陽的視線緩緩移向了黃帝，「父王，你是不是已經知道了我想害你？」

黃帝走近了幾步，居高臨下地俯視著青陽，神情冷漠，譏諷道：「恭喜你，竟然在千軍萬馬前救了我，日後篡位登基時肯定會更順利。」

青陽神色淒然，低聲說：「父王，我承認我是想害你，我不想昌意和阿珩變成第二個雲澤，我甚至已經把毒放入了你的水皿中，可是，最後一刻我下不了手，當天夜裡我就又潛入宮殿，把有毒的水換了，毒水已經被我倒掉。」

黃帝的身子猛地一顫，銳利的視線掃向了遠處的夷彭，再看著青陽時，眼神不再冷漠，眼中有太多複雜的情緒，外人反倒什麼都沒看出來。他聲音平平地說：「其實，你替換的水是無毒的，我早就把水換過了。」

青陽微笑，「我已經明白了。原來那些毒水被我自己喝了，你是讓我自嘗惡果，決定自己的生死。」

阿珩聽得半懂半不懂，少昊卻已經完全明白，青陽喝了阿珩配製的毒藥，恰好毒發，所以才沒有辦法擋住蚩尤的全力一擊。

夷彭高聲請示，「父王，現在神農軍心大亂，正是進攻的最好時機，是否進攻？」

黃帝望著腳下的大地，這是他等了幾千年的機會，是他奮鬥一生的夢想！可是青陽……

青陽說：「爹，我沒事，那個毒並不奪命。」自從他懂事的那日起，黃帝就把他抱在膝頭，給他講述著自己幼時的苦難和現在的雄圖壯志。這世上，也許再沒有一個人比他更懂得黃帝的夢想，那是一個偉大男人終其一生的追求。

一聲「爹」讓黃帝的心驟痛，一些遙遠模糊的畫面閃過，所有的兒子中只有青陽和雲澤叫他爹爹，那些稚嫩清脆的「爹爹」聲是他得到過最純粹的父子情。黃帝頭盔中的太陽穴劇烈地跳著，重重說道：「兒子，活著！」

青陽含淚而笑，一聲「兒子」，父子倆冰釋前嫌，好似回到了小時候。

黃帝對阿珩說：「照顧好妳哥哥。」一聲長嘯，策重明鳥衝向了戰場，發出號令：「進攻！」

「進攻！」

「進攻！」

……

「父王！」阿珩淚眼迷濛地大叫，希望黃帝能停駐片刻，卻只看到了黃帝一往無前的背影，夷彭衝她冷冷一笑，跟隨著黃帝衝向了戰場。

轟隆隆的號角聲中，軒轅大軍向著神農的軍隊衝殺過去。軒轅因為土地貧瘠，士兵十分驍勇善戰，黃帝又斬殺了炎帝，令軒轅士氣大振，在黃帝的驅策下，整個軍隊化作了虎狼，而神農痛失國君，軍心已散，根本無力抵抗軒轅的軍隊，以至於戰場幾乎變成屠宰場。每個軒轅士兵都好似絞碎生命的魔獸，所過之處，留下無數屍體。再悲傷的哭泣，都被隆隆的金戈鐵馬聲掩蓋。天地間，只有「殺」、「殺」、「殺」的嘶吼聲。

少昊用靈力護住青陽心脈，抱著青陽，急速趕往歸墟。

青陽恍惚地笑著，「我知道你在生氣，恨我做事猶猶豫豫，若我能像你一樣狠絕，壓根不會有今日。可我總會想起很多小時候的事情，我還記得母親不許我接近凶猛的重明鳥，爹爹把我抱在懷裡，偷偷教我如何駕馭重明鳥，我們一起在風中飛翔，一起大笑。我的第一把劍是爹爹親手做的，他坐在屋廊下給我削木劍，我蹲在他對面，眼巴巴地盯著他，一會問一遍『好了嗎』，他總說『乖兒子，還要一會』，後來，終於削好了，他怕我的手會被木刺刺到，用粗麻布一遍遍用力的打磨著木劍，我著急得蹦蹦跳，跳起來去奪劍，他就把手高高舉起，一邊擦，一邊笑『來，再跳高一些，跳啊跳就長高了，長得和爹一樣高，到時候就可以和爹一塊上戰場了』。我第一次上戰場時，緊張得腿發軟，爹爹拖著我去喝酒，對每一個和他打招呼的伯伯叔叔驕傲地說『這是我兒子，將來一定會比我更勇猛』……」青陽氣力不繼，說不下去，「他是我爹，我沒有辦法殺他！」

少昊道：「別說了！等你傷好了，我們再去那個破酒館，喝上三天三夜，聊上三天三夜。」

青陽笑：「你說那不是毒藥，並不會要命，可是這條路是通往權力頂端的絕路，一旦踏上就要一條道走到黑，我不想有朝一日變成無父無母無弟無妹的人。」

少昊的手簌簌直抖，他一直以為那個笑容刺眼、熱情善良的少年早已經消失了，卻不明白，自始至終，那個少年都在！

青陽的眼睛逐漸黯淡，生命正在消逝，阿珩用金針急刺過他的所有穴位，哭求道：「大哥，別拋下我，我以後一定聽你的話，好好修煉，不貪玩胡鬧，你讓我做什麼我就做什麼！」

青陽把手放在阿珩的頭頂，揉了揉她的頭髮，把她的頭髮揉成一個亂草窩，咧嘴而笑，調皮地說：「唉，想做這件事情已經想了好久，每次妳在我身後踢我打我時，我就想轉過身狠狠地揉揉妳的頭……」青陽聲音漸漸低了，「阿珩，讓母親和昌意不要傷心。」

阿珩淚流滿面，哽咽著用力點頭。

青陽已經說不出話，瞳孔灰白，眼睛卻仍不肯闔上，定定地看著少昊，似乎仍有放不下的事情。

少昊含淚道：「還記得千年前神農大軍壓境，你乘夜而至，對我說『我就是少昊』嗎？從今往後，我就是青陽，我會把嫘祖看作自己的母親，把昌意和阿珩看作自己的弟妹！」

青陽終於放心，雙眼緩緩闔上，手從阿珩的頭髮上滑落，笑容凝固在臉上，像夏日的陽光一般，燦爛明亮。

「大哥！」阿珩撕心裂肺地哭喊，「大哥，大哥……」她一聲聲泣血呼喚，似乎只要再叫得大聲一點，青陽就會聽到，就會從沉睡中醒來。就會再對她冷著臉、訓斥她。這一次，她一定不會再頂嘴，一定不會再腹誹，一定會好好聽大哥的話，一定會誠心誠意地感謝大哥。

少昊發瘋了一樣，把自己的靈力全部輸入青陽體內，「青陽，青陽，我們還沒有分出勝負，你不許逃走！我們要分出勝負，你這個沒用的膽小鬼……」他的靈力可以令山峰倒、江河傾，卻挽留不住青陽的生命。

阿珩哭得昏死了過去。少昊也力竭神危，身體搖搖晃晃，卻依舊不停地為青陽輸送著靈氣，眼前一直都是青陽的身影。

他踢踏著一雙破草鞋，扛著把破劍，嚼著青草根，搖搖晃晃地走著，大大咧咧地笑著，笑容比陽光更燦爛溫暖。

可懷中的屍體卻冰冷！

少昊的冷意從心裡蔓延而出，身子不可抑制地顫抖著，痛苦地閉上了眼睛。

他很清楚自己的抱負，所以一直知道遲早有一日高辛少昊會與軒轅青陽戰場相見，不是高辛亡，就是軒轅死，他們都會毫不猶豫地全力以赴，可是，他從不知道，原來青陽於他而言，就是青陽，也只是青陽。

從今後，極北之地，寒冷朔風中，再不會有人點好篝火，跳出來叫他喝酒。

從今後，千軍之前，再不會有人乘夜而至，為他血染白袍。

從今後，宴龍羞辱了他時，再不會有人一聲不吭地跑到蟠桃宴上把宴龍暴打一頓。

從今後，父王貶謫了他時，再不會有人放下一切，千里趕來，安靜地站在他身後，聽他亂彈一夜的琴。

從今後，歡喜快樂時，再不會有一個人能陪著他大笑。

從今後，寂寞悲傷時，再不會有一個人能陪著他一起喝酒。

從今後，天下之大，卻再沒有一個人能讓他想起時，覺得喉間有酒香，心頭有暖意，不管王座多冰冷，世人多敵對，這天下都有一個人與他肝膽相照……

從今後，世間再無——青陽！

第二十四章 與君世世為兄弟

水晶棺緩緩下降，帶著青陽沉入了歸墟之中。

昌意和阿珩並肩而立，凝視著大哥。

在大哥死後，他的餘威竟然仍舊在庇護著他們。

昌意接到玄鳥送的消息，趕到歸墟時，已經是兩日後。

少昊送的消息沒有講具體因由，只請他立即來。他以為阿珩出了事，一路疾馳，趕到歸墟時，卻看寧靜的歸墟水面上漂浮著扁舟一葉，舟上兩個人一站一坐，正是少昊和阿珩，他鬆了口氣。

昌意從重明鳥背上躍入舟中，笑問阿珩：「發生了什麼事，這麼著急要我趕來？」

阿珩張了張嘴，一語未出，淚已經滿面。

昌意的神色凝重起來，「究竟發生了什麼事？」

少昊雙手抬起，隨著他的靈力，扁舟之前的歸墟水面慢慢湧起，托著一方藍色的水晶棺。棺中青陽閉目靜躺，神色安詳，可是——沒有任何生息。

昌意強笑著說：「我的靈力不如你，你不要用傀儡術戲弄我。」

「他就是青陽。」

「不可能！大哥是軒轅青陽，這個天下沒有人能傷到他，即使你也打不敗他。」昌意臉上的血色在迅速褪去，固執地說：「不可能！你怎麼可以和我開這種玩笑？」

阿珩的淚珠簌簌而下，是啊，他是軒轅青陽，是天下最冷酷、最強大的軒轅青陽，他怎麼可能死了呢？

昌意看到阿珩的樣子，軟跪到舟上，呆呆地凝視著大哥，表情木然，不哭也不動。

少昊擔心起來，上一次聽說阿珩死亡的消息時，昌意至少還知道憤怒，這一次卻沒有任何反應。

「昌意，昌意，你若難受就哭出來。」

昌意充耳不聞，手扶著水晶棺，半晌後才面色森寒地問，「誰？是誰？」

少昊回答不出來，究竟是誰害死了青陽？是蚩尤，是黃帝，是夷彭，還是他？

沒有人回答昌意的問題，他看著阿珩大吼，「究竟是誰？」

阿珩臉色慘白，泣不成聲，壓根不敢與哥哥對視，昌意漸漸明白，「是蚩尤？」

「父王殺了榆罔，蚩尤他、他不是想殺大哥……大哥為了救父王，接了蚩尤全力一擊。」阿珩心如死灰，再解釋又有何用？青陽的確死在了蚩尤手下。

昌意望向天空，眼中滿是淚，可他只是靜靜地看著天空，一直到所有的淚從眼裡消失。他還有母親、妻子、妹妹，他不能軟弱！這一刻，他才真正理解了大哥，大哥為了他們放棄笑容和軟弱，選擇冰冷和堅強。

昌意平靜地說：「我一路趕來，全是軒轅大捷的消息，並沒有聽說軒轅青陽出事了。」

少昊說：「當時情勢緊張，神農軍心慌亂，黃帝如果錯過了戰機，就白白籌謀了這一次大戰，他要領軍作戰，匆匆離開了，只知道青陽重傷，並不知道青陽已亡故。」

昌意神色淒傷，大哥為救父王重傷，父王居然連多逗留一會的時間都沒有，天下就真的那麼重要？

「大哥神力高強，既然是有意要救父王，自然不是毫無準備，蚩尤怎麼可能一擊就能殺……殺死大哥？」

阿珩聽到昌意的話，也反應過來，盯著少昊問：「蚩尤這些年是神力大進，可只要不是偷襲，想一擊殺死你或者大哥，都不可能！」

少昊神色悲痛，默不作聲。

阿珩心中湧起了懼怕，厲聲問：「大哥和父王說什麼毒水，可我在大哥體內並沒有驗出毒，究竟是怎麼回事？」

少昊不敢面對阿珩的視線，低頭凝視著青陽，艱澀地說道：「青陽為了自保，籌畫逼黃帝退位，黃帝察覺了青陽的意圖，把青陽給他準備的毒水讓青陽喝了。可其實，青陽很快就後悔了，把本來打算給黃帝喝的毒水又偷偷替換了，青陽並不知道黃帝早已察覺一切，他替換的毒水早就被黃帝替換過，當他替黃帝擋下蚩尤的全力擊殺時，突然毒發，靈力難以為繼……」少昊聲音哽咽，再說不下去，深吸了口氣，才又說：「黃帝自察覺青陽起了殺意，就派夷彭日夜監視青陽，當日夜裡負責監守大殿的正是夷彭，他應該知道一切，明明可以及時稟奏黃帝，卻什麼都沒告訴黃帝，想借黃帝的手殺了青陽，所以害死青陽的元凶倒不算是蚩尤，而是夷彭。」

昌意和阿珩呆若木雞，好似還沒把這個我要害你、你要害我的怪圈繞清楚。

半晌後，昌意震駭地問：「你是說大哥想毒殺父王？」

少昊忙道：「不是，他下的毒只會讓黃帝行動不便，不能處理朝事，絕不會要命，青陽絕不是想殺黃帝。」

昌意問：「父王的飲食起居都有醫師照顧，大哥哪裡來的毒藥能避開眾位醫師的查驗？」

阿珩反應過來，痛怒攻心，眼前發黑，身子軟倒下去，昌意忙抱住她，阿珩盯著少昊，嘴唇翕闢，卻臉色發青，身子簌簌直顫，一句話都說不出。

少昊撫著青陽的棺材，低聲說：「是妳為我配製的毒藥，可此事和妳沒有一點關係，這是我和青陽的決定。」

昌意驚駭地瞪著阿珩，「妳、妳……妳配製的毒藥？」

「啊——啊——」阿珩哭都哭不出來，撕心裂肺地哀嚎，雙手搧打著自己，恨不能立即千刀萬剮了自己。

少昊半跪在她身前，用力抓著她，「阿珩，聽著！是我的錯，這全是我的錯！是我高估了自己，低估了黃帝！是我看錯了青陽，以為他已經和我一樣！阿珩，和妳沒有關係，和妳一點關係都沒有！妳什麼都不知道，是我騙了妳！」

少昊把事情簡單地給昌意解釋了一遍，說毒藥是他求阿珩配製給宴龍使用的，可他卻偷偷給了青陽。

昌意盯著少昊，雙目泛紅，手下意識地抬起。

少昊跪在青陽的棺材前，「你若想打就打，想殺就殺！」一直以來，少昊看似很鎮靜，可實際他的痛苦一點不比昌意和阿珩少，此時，他是真希望昌意能出手。

昌意一掌揮下，重重打在少昊身上，少昊沒用半絲靈力抵抗，嘴角涔出血絲，身子卻依舊直挺挺地跪在青陽棺材前，昌意再次舉起手掌，可看著水晶棺中神色安詳的青陽，卻怎麼都打不下去，猛地抽出劍，「我要去殺了夷彭！」

阿珩立即拽住他，哭求道：「四哥，不要衝動！」昌意用力推開阿珩，躍上坐騎就要起飛。

少昊匆忙間回身躍起，握住他的劍鋒，顧不了掌上鮮血直流，急切地說：「昌意，你現在是家中的老大，你要擔負起青陽的責任，照顧好母親和妹妹！」

昌意下意識地看向大哥，全身的力量漸漸懈了。是啊，他如今是長子了，不能再衝動。

少昊這才鬆開了他的劍鋒，對昌意說：「如果青陽不在了，你們幾個兄弟中唯一能繼承王位的就是夷彭，他的勢力會越來越大，百官也會都幫著他，你不僅要自己小心，還要保護嫘祖，千萬不可行差踏錯。」

昌意深知夷彭的恨意，若夷彭繼位，絕不會放過他們。

少昊說：「我有一計，可以遏制夷彭，青陽也已經同意。」

阿珩和昌意都看向他，少昊道：「只有阿珩和我知道毒藥的藥性，青陽神力高強，黃帝肯定也不會相信蚩尤一擊就能殺死青陽。我嚴密封鎖了消息，除了我們三個，再沒有人知道青陽已死。」少昊加重了語氣，「也沒有必要讓天下知道。」

阿珩和昌意明白了他的意思，只要青陽未死，朝臣們就不會站到夷彭一方，這是克制夷彭最有效的方法。

昌意仍有猶疑，阿珩說道：「我同意！」昌意看妹妹同意，也點了點頭。

少昊說：「我會給黃帝寫信，就說醫師發現青陽體內居然還有毒，傷勢非常重，需要在歸墟閉關療傷，至少可以爭取一兩百年的時間。」

阿珩問：「萬一父王派人來探看呢？我們到哪裡去找一個大哥給父王看？」

少昊指著歸墟中的水，「世人常說九尾狐最善於變幻，其實天下還有比九尾狐更善於變幻之物。水入圓形器皿就成圓形，入方形器皿就成方形；水上天可化雲化霧化雨，入地可化河化冰化霜；進入我們的身體，化血化生命。」

少昊變作了青陽，語氣神態無一不像，「我和青陽已經認識了兩千多年，修行的都是水靈，對方的法術都會。年少時，我們也會交換身分鬧著玩，天下皆知少昊逼退了神農十萬大軍，其實是青陽和我。」

昌意仔細審視著少昊，的確就是青陽。

少昊又說：「如果朝夕相處，肯定會有破綻，但如今青陽重傷，並不能隨意行動說話，只是看一看，我相信以我的神力，即使黃帝親來也不能看出破綻。」

阿珩這才真正明白了少昊對大哥的許諾，「從今往後，我就是青陽」並不是一句比擬，而是

——他就是青陽。大哥知道少昊的意思，所以安心地離去。

看來少昊的計策完全可行，阿珩問昌意：「要告訴母親實情嗎？」

昌意想了一會道：「我們再痛苦只怕都不會有母親一半的痛苦，雲澤死的那次，母親的心死了一半，妳死的那一次，母親剩下的那半顆心也死了，如果讓她知道大哥死了，只怕……」

阿珩點點頭，盯向少昊，眼中猶有恨意，半晌後，才悲傷地說：「以後一切就麻煩你了。」

少昊神情慘澹，默默恢復了真容，撤去靈力，水晶棺緩緩下降，帶著青陽沉入了歸墟之中。昌意和阿珩並肩而立，凝視著大哥。在大哥死後，他的餘威竟然仍舊在庇護著他們。

少昊給黃帝的信送出後，黃帝派了離朱、應龍和昌僕陪著嫘祖來高辛探望青陽。

青陽在歸墟水底的水晶洞閉關療傷，嫘祖站在洞外凝視著青陽，一直沉默不語。

阿珩知道離朱是黃帝的心腹，一直暗中留意離朱的表情，看他沒有一絲懷疑，神色十分哀痛，不停安慰著嫘祖。

應龍關切地問：「我能為殿下做些什麼？」

嫘祖勉強一笑，說道：「青陽修行的是水靈，這裡是歸墟，天下水靈匯聚之地，靈氣十分充盈，現在只是需要時間療傷。」

嫘祖還打算逗留幾日，離朱和應龍幫不上什麼忙，打算回軒轅向黃帝呈報青陽的病情。

臨行前，應龍特意獨自來和昌意辭行，一句話未說，先跪了下來，昌意忙扶他起來，應龍說：「請轉告大殿下，若不是大殿下，我早已經是一堆枯骨，日後若有什麼我可以盡力的地方，請務必通知我。」

昌意忙道謝。等應龍走後，他和阿珩說了此事，阿珩說：「朝堂內這樣的臣子肯定不止應龍一個，這也就是少昊要大哥活著的原因，只要大哥在，他們就絕不會投靠夷彭。」

十多日後，阿珩、昌意、昌僕陪嫘祖返回軒轅山。到達朝雲峰後，發現往日冷清的朝雲殿很是熱鬧。

他們走進殿內，看到三妃彤魚氏在一群婢女的陪伴下四處查看，一會點評這裡太簡陋，一會說那裡的顏色不對。

朱萸手忙腳亂地跟在彤魚氏身後，走到一處壁龕，彤魚氏突然笑著拿起壁龕上一個四四方方的玉盒，「這是什麼破玩意，擺在這裡太礙事！」

朱萸情急間大叫，「不許碰！」

彤魚氏怒問，「妳在對誰說話？掌嘴！」

兩個壯實的宮女抓著朱萸開始搧打，朱萸不敢反抗，只能哀聲懇求，「大殿下吩咐過，誰都不許碰這裡的玉盒。」

彤魚氏笑，「哦？是嗎？」她把玉盒砸到地上，玉盒裂開，一截焦黑的人骨碎片掉了出來。

彤魚氏冷冷一笑，咬了咬牙，要一腳踏上去。

「你們在這裡做什麼？」

彤魚氏聞聲抬頭，嫘祖走進了殿門，看到她腳下的骨頭，神色慘變。

昌意強壓著怒氣，對彤魚氏行禮，「請娘娘小心，那是家兄的屍骨。」

彤魚氏滿臉抱歉，「哎呀，我不知道，真是對不住。」匆匆閃避，可是腳被裙裾絆了一下，身子搖晃幾下，沒有避開，硬是一腳踩到了屍骨上，把焦黑的屍骨踩成了幾截。

彤魚氏驚慌地說，「這、這……哎，對不起，真的對不起，我都說不該上來了，可是夷彭因為作戰有功，剛加封了大將軍，黃帝又知道我一向喜歡朝雲峰的風景，所以非要賞賜我上來轉轉。」彤魚氏抓起地上的碎骨，雙手伸向嫘祖，「姐姐，真是不好意思。」

嫘祖臉色發青，身子搖搖欲墜，昌僕趕緊扶住了她。

昌意雖然悲憤，可他不善言辭，氣得一句話都說不出來，只是伸手去拔劍。

阿珩一把按住哥哥的手，擋在母親前面，攤開一方絹帕，小心翼翼地接過焦黑的屍骨。

彤魚氏感嘆，「哎！真是可憐！高高大大、生龍活虎的一個大男兒，竟然只有這幾塊焦骨了。」

阿珩笑吟吟地說：「是啊，估計也只有娘娘您能體會我們的痛苦，畢竟三哥也是被烈火焚燒而死，連點屍粉都沒有留下！」

彤魚氏面色劇變，再笑不出來，惡狠狠地盯著阿珩，阿珩笑看著她，分毫未讓。

彤魚氏抬眼盯著嫘祖，陰森森地說：「老天聽到了我的詛咒，妳就慢慢等著瞧吧！」

嫘祖臉色慘白，昏厥過去。彤魚氏領著一群宮人，浩浩蕩蕩地離開了朝雲殿。

嫘祖醒轉後，神情哀傷欲絕，阿珩想問什麼卻不敢問。壁龕角落裡的玉盒放了上千年，她壓根沒留意過，今日才知道是自己哥哥的骨頭。

披頭散髮的朱萸匆匆去找了個水晶盒子，阿珩把手絹裡包著的骨頭放入盒子。朱萸看他們都不說話，安慰道：「等大殿下傷好了自然會找那個臭婆娘算賬，你們別生氣了。」

昌意和阿珩的眼淚差點掉了下來，那個處處保護著他們的大哥已經再也不會出現了。阿珩第一次明白了大哥為什麼一見面就總是訓斥她不好好修行，為什麼她沒有早點懂得大哥的苦心呢？

嫘祖對周圍的宮女說：「妳們都下去吧，讓我們一家子單獨待一會。」朱萸要跟著下去，嫘祖說：「妳留下。以後妳……妳和昌僕一樣。」

「哦！」朱萸忙又坐了下來，嘻嘻笑著抓了抓蓬亂的頭髮。阿珩和昌意都正在傷心，沒有留意嫘祖說的話，昌僕卻是深深看了一眼朱萸。

嫘祖對阿珩吩咐，「把盒子給我。」

阿珩把盒子捧給母親，嫘祖打開了盒子，手指從碎骨上撫過，「妳肯定納悶不解這是誰，為什麼他會變成了這樣，這個故事很長，要從頭說起。」

昌意說：「母親，妳累了，改天再說吧！」

「你也聽一聽，你只知道這是雲澤，並不知道事情為什麼會這樣。」

昌意看母親態度堅決，只能應道：「是。」

嫘祖想了一會，說道：「那是很多很多年前的事情，久遠得我幾乎要想不起來。那時我爹爹還活著，西陵氏是上古名門，與赤水、塗山、鬼方三家被大荒稱為『四世家』，西陵氏的實力僅僅次於赤水氏。祖上曾出過一位炎后，伏羲大帝都對我們家很客氣。自小，我就善於馭使昆蟲，能用精心培育的蠶絲織出比雲霞更漂亮的錦緞，一時間，我名聞天下，被天下叫做『西陵奇女』，各大家族都來求親，我那時候驕傲又任性，眼睛長在頭頂上，誰都瞧不上，偷偷地溜出家門，和兩個朋友一起遊玩。我們結拜兄妹，吃酒打架，闖禍搗蛋，行俠仗義什麼都做。」

嫘祖的眼睛裡有他們從未見過的飛揚歡愉，令昌意第一次意識到原來母親也曾年輕過。阿珩想起了幾百年前，小月頂上的垂垂老者也是這麼微笑地述說著這段故事。

「有一天，我們三個經過軒轅山下，我看見了一個英俊的少年，他站在人群中間，微微而笑，卻像是一個光芒耀眼的太陽，令其他一切全部黯淡。」

昌僕低聲問：「是父王嗎？」

嫘祖點點頭，眼中盡是蒼涼，「我從小被父母嬌寵，只要我想得到的東西都是手到擒來，那一次我以為這個少年會和其他少年一樣，看到我就喜歡上我。一個月夜，我偷偷溜去找少年，向他傾吐情意，可是他拒絕了我，說他已經有喜歡的女孩。我羞憤地跑走，裝作若無其事地繼續跟著同伴們流浪，可是我日日夜夜都想著那個少年，越是得不到就越是想得到，後來有一天，我看著徐徐落下的夕陽，突然下定了決心，我一定要得到他！我可是西陵嫘，怎麼可能得不到自己想要的男人？我離開了同伴，去找那個少年。」

嫘祖的視線掃過她的兒女們，「那個驕傲任性的西陵嫘還不知道生命中究竟什麼最可貴，她不知道自己毫不猶豫扔下的才是最值得珍惜的。」

昌意、昌僕、阿珩都不吭聲，只有朱萸心性單純，興致勃勃地問：「後來呢？後來妳如何打敗了情敵？」

嫘祖沉默了半晌才說：「我找到了少年，作為他的朋友留在軒轅族。我知道他是一個有雄偉抱負的男子，不甘心於只做一個小神族的族長，於是殫精竭慮地幫他實現他的抱負。我畢竟是名門大族出來的女子，甚至是按照未來炎后的標準在培養，我知道如何合理分配田地，如何制定賦稅，如何管理奴隸，我教導軒轅族的婦女養蠶織布，和他分析天下形勢，告訴他炎帝與俊帝爭鬥得越激烈，他越有機會……反正只要他需要的，我就一心一意地幫他，我不相信他喜歡的那個女子能給他這些。日子長了，我們越來越親密，幾乎無話不說，有一天，他突然問我究竟是誰，一般的女子不可能知道那麼多，我告訴他我叫西陵嫘，他吃驚得話都說不出來。」

嫘祖側著頭，黯淡晦敗的容顏下有一絲依稀的嬌俏，似乎又回想起了那天，「那個時候，西陵嫘的名氣就像是現在的少昊和青陽，也許有人會不知道炎帝究竟是誰，但沒有人不知道西陵嫘。軒轅族正迫切需要一個橋梁，能讓他們和名門大族建立聯繫，還能有比西陵氏更好的橋梁嗎？後來，你們爹爹向我求親，我自然立即答應了。在我們成婚前，一個女子來求我，告訴我，她、她……已經有了身孕。」

嫘祖神情恍惚哀傷，屋內只有屏息靜氣的沉默。

「她哭著求我，說她已經有了孩子，求我不要和她搶丈夫，她說『妳是西陵嫘啊，天下的男兒都想娶妳，可是我只有他，求妳把他還給我吧』。她不知道，不管天下有多少男兒，我只想嫁給他，我拒絕了女子的請求。她又哭著哀求我看在孩子的份上，允許她做妾，要不然她根本不能生下孩子，她的父兄會打死她和孩子，我又拒絕了她的請求，我是西陵嫘啊！怎麼可能剛一成婚，就讓一個女人生下孩子？全天下都會笑話我，我的父親和家族丟不起這個臉！父親本來答應婚事就答應得很勉強，如果知道這事，肯定會悔婚。我趕走了那個女子，把這一切都當成一場噩夢，裝作什麼都沒有發生地舉行了盛大的婚禮。在我成婚後，我又看到了那個女子，她擋住我的車輿，搖搖晃晃地捧著一段被鮮血浸透的麻布走到我面前，麻布上還有著黏稠乾枯的肉塊，她對我說『我以我子之血肉發誓，必要妳子個個死盡，讓妳嘗盡喪子之痛！』」

昌意和阿珩已經猜到這個女子是誰，心內騰起了寒意。嫘祖臉色白得發青，昌僕柔聲勸，「母后，您先休息一會。」

嫘祖搖搖頭，「女子說完話，就走了。其後幾百年，我漸漸忘記了這個女子，我和你們的父王很是恩愛，下了坐騎是夫妻，上了坐騎是戰友，我們同心協力，並肩作戰，在一次又一次的征戰中，西陵族為我奮勇廝殺，人丁越來越少，漸漸沒落，卻讓軒轅族從一個名不見經傳的小神族變成了大荒人人皆知的大神族。我有了兩個兒子——青陽和雲澤，最懂事的是雲澤，他看出青陽性子散漫，不喜打仗，主動承擔了長子的責任，日日跟在你們父王身邊，鞍前馬後地操勞。」

嫘祖神情倦怠，朱萸捧了一盅茶給她，嫘祖喝了幾口茶，休息一瞬，接著說道：「隨著軒轅族的力量越來越壯大，軒轅準備建國，你們父王告訴我他要冊封一個妃子，方雷族族長的女兒，他請我理解，為了順利建國，他必須獲得方雷族的支持。我沒有辦法反對，也沒有能力反對。青陽為了這事和我大吵，嚷嚷著要去找父親理論，雲澤自小就學習處理政事，比青陽懂事許多，是他勸下了青陽。所幸方雷氏入宮後，你父王也只是客氣相待，並沒有過分恩寵，我鬆了一口氣。不久之後，我又有了身孕，沉浸在又要做母親的歡愉中，一日，黃帝領著一個懷有身孕的女子走到我面前，告訴我要納她為妃，那個女子看著我盈盈而笑，我卻毛骨悚然，她、她……就是那個一千多年前祈求過我、詛咒過我的少女，也就是剛才離開朝雲殿的彤魚氏。」

朱萸「啊」的失聲驚叫，昌意和阿珩雖然早已猜到，仍背脊發涼。

嫘祖說：「兩年多後，軒轅族的三王子軒轅揮出生了，他雖然不是黃帝的第一個兒子，卻是軒轅國第一個出生的王子，黃帝異常高興，下令舉國歡慶。那個時候，我仍然看不透，仍然不明白究竟什麼最重要，居然為這事動了胎氣，導致昌意早產。昌意自小身子柔弱，靈力不高，娘對不起你！」

昌意想到那個時候，軒轅在舉國歡慶三王子的降臨，母親卻獨自一個守在冷清的朝雲殿，他心酸地說：「娘，這又不是妳的錯，妳別再自責了。」

嫘祖說：「我當時又是不甘心，又是嫉恨，又是恐懼，鼓勵雲澤盡力多討黃帝的歡心，其實雲澤比我更明白形勢，他常常勸我天下什麼都可以爭，只有男人的心爭不得，即使爭得了，也是付出大於得到，可我看不透，我總是忘不了前面那千年的虛假歡愛，後來……後來……」嫘祖仰起了頭，他們看不到嫘祖的臉，卻看到有淚珠從下頜滴落。

「軒轅和西南的滇族打仗，你們父王本來是派青陽出征，雲澤知道青陽最煩這些事情，主動請纓，你們父王為了鍛鍊軒轅揮，就讓雲澤帶上了他，雲澤在戰場上大捷，滇王投降，在受降時，滇族忽然出爾反爾，爆發動亂。滇地多火山，軒轅揮說雲澤在帶兵突圍時，不小心跌入了火山口。青陽不相信，找到了雲澤的屍骨，說是軒轅揮害死了雲澤，要求黃帝徹查，黃帝派重兵守護指月殿，禁止青陽接近軒轅揮，青陽強行闖入指月殿，打傷了軒轅揮。黃帝下令把青陽幽禁於滴水沒有的流沙中，關了半年，直到青陽認錯。青陽出來時瘦得皮包骨頭，不成人形。」

嫘祖說到此處，已經泣不成聲。

昌意說：「母親，後面的事情，我來告訴阿珩。大哥從流沙陣中被放出來後，性子大變，不再四處流浪，而是回到軒轅國，規規矩矩地做軒轅青陽，軒轅青陽的名聲越來越大，和早就成名的高辛少昊被大荒的人稱為『天下雙雄，北青陽，南少昊』。」

嫘祖說：「雲澤死後，我才真正看清這麼多年一直不能放手的男人，我拋棄精緻的玉簪，脫下美麗的衣裙，只想做一個母親，守護好我的兒女，但老天好像已經不再給我機會，也許當我殘忍地讓那個孩子未見天日地死去時，一切的惡果就已經注定，可這都是我做的啊！所有的錯事都是我做的啊！為什麼要報應在我的兒女身上……」

嫘祖痛哭流涕，狀若瘋狂。

昌意雙手握住嫘祖的手，將靈力輸入母親體內，嫘祖昏睡過去。

朱萸不滿地說：「彤魚娘娘太過分了，我要是她，最恨的人應該是黃帝，是黃帝辜負了兩個女子！黃帝為了天下，背棄了青梅竹馬的情意，得了天下，又開始遷怒王后令他失去戀人和孩子……」

昌僕拽拽朱萸的衣袖，示意她別再說了，不管對錯都是前代的恩怨糾纏，昌意和阿珩畢竟是黃帝的兒女。

昌意讓昌僕和朱萸送嫘祖去寢殿休息。

昌意對阿珩說：「母親的心神已亂，如果再被彤魚氏鬧幾次，只怕就會徹底垮掉。我們現在怎麼辦？」

阿珩捧起盒子，凝視著盒子中的屍骨，真難以相信曾經鮮活的生命只化作了這麼幾片焦黑的骨頭，「二哥是什麼樣的？」

昌意的眼眶紅了，「從我記事起，二哥就和妳記憶中的大哥一樣忙，我很少見到他，倒是常常跟著大哥四處亂跑，不過每次見到二哥，他都會溫和地叮囑我很多事情。若水就是二哥為我選擇的封地，因為若水地處偏僻，民風還未開化，在眾人眼裡是窮困之地，壓根沒有人願意去，二哥卻叫我去上書，求賜封若水。如果不是二哥把我安置到那麼荒遠的地方，也許我早就……」

阿珩滿臉自責，痛苦地說：「我曾因為軒轅揮死，責罵過大哥，你為什麼不告訴我二哥的事情？」

昌意含淚道：「大哥不會往心裡去的。」他剛開始恨不得立即去殺了夷彭，可現在了解了前因後果，仇恨化成了無奈的悲傷，「我想和父王上書，求父王允許我接母親去若水奉養，彤魚氏想要朝雲殿，那我們就把朝雲殿讓給她吧！」

阿珩搖搖頭，「若水難道不是父王的領土了嗎？樹欲靜但風不止，又有何用？如果彤魚氏真入住了朝雲殿，我們即使躲到天邊也沒用。」

「難道這就真是一個死結了嗎？彤魚氏雖然可恨，可也可憐。」

阿珩說：「我也知道彤魚氏很可憐，但就算是亂麻糾纏到一起都會解不開，何況親人的屍骨重疊到了一起呢？到如今早就沒有了對錯之分，卻只能至死方休。」

昌意默不作聲，阿珩對四哥的善良最是擔心，說：「四哥，夷彭遲早要把魔爪伸向你，你一定要小心提防。」

看著昌意和阿珩長大的老嬤嬤端著一碟冰椹子進來，笑著說：「可惜大殿下不在，沒有新鮮的，味道肯定差了許多，湊合著吃點吧。」

昌意和阿珩拿起一串冰椹子放進嘴裡，本來應該酸酸甜甜的味道全變成了苦澀。他們倆第一次發現，這麼多年，只要大哥在，每一次回軒轅山，不管任何季節，吃到的都是最新鮮的冰椹子。青陽不惜耗費靈力讓滿山飄雪，竟然只是為了幾串新鮮的冰椹子，他們卻只看到大哥的冷漠嚴厲，居然從來沒有留意到大哥冷漠嚴厲下的體貼關愛。

昌意盯著阿珩，一字字說：「大哥的死不是蚩尤一個所為，可畢竟是他親手打死了大哥，母親絕不會同意妳和他在一起！」

阿珩的眼淚湧進了眼眶，「你呢？你曾說會給我們祝福。」

昌意嚥下滿嘴苦澀，站了起來，一邊向外走，一邊低聲說：「我不會尋他報仇，可我也沒有辦法祝福一個殺死了大哥的人。蚩尤若死了，一了百了，若他沒死，我永世不想見到他，妳如果想和他在一起，就永不要再來見我！」

阿珩手裡捏著一串冰椹子，淚珠在眼眶裡滾來滾去，眼看著就要落下，可如今，母親病弱，四哥良善，她已經不能再是那個想笑就笑、想哭就哭的女子了。

她牙關緊咬，眼淚終是一顆沒有落下，只是冰椹子被捏得粉碎，紫紅的汁液從指間滲出，猶如鮮血，蜿蜒而流。

等眼中的淚意全部散去，阿珩站起，去探看母后。

寢殿內，母后正在沉睡，昌僕和朱萸都守在榻邊，朱萸的頭髮依舊亂七八糟，阿珩說：「我來陪著母親，妳們去休息吧。」

「那也好，妳有事時叫我們。」昌僕拖著朱萸走到殿外，坐在鳳凰樹下，拿出一把若木梳子，一邊為朱萸梳頭，一邊低聲交談。

「妳跟在大哥身邊多久了？」

「不知道，只知道很久很久，比我知道的還久。」

「怎麼會比妳知道的還久？」

「有一次我看到一個人族的女子因為丈夫死了，要上吊自盡，我怎麼想都想不通，少昊打趣我，說我是爛心朽木，當然不會懂得傷心、心痛的滋味，我不停地追問，他才告訴我，我本來是一株枯朽的茱萸，生機將絕，可因為他和殿下的一個玩笑，殿下就把我日日放在懷裡，而我竟然藉著殿下的靈氣有了靈識，後來還修成了人形，那不就是在我知道之前我已經跟著殿下了嗎？」

「妳見過二哥雲澤嗎？」

「我沒見過他，但我知道他。那時候我還是一截木頭，只能聽到外界的聲音，我聽著雲澤一點點長大，又聽著他……他死了。我在大殿下懷裡，時時刻刻都能感受到他的難過，就很想安慰他，可是我一動都不能動，連一句話都說不出來，後來、後來……我一著急，有一天突然就變成人了，當時大殿下正在睡覺，我突然出現在他的榻上，還把大殿下給嚇了一跳，嚇得大殿下直接從榻上跳到了地上，臉色都青了，大殿下膽子可真小……」朱萸說著哈哈笑起來。

若水族的祖先是神木若木，對木妖化人還比較了解，昌僕遲疑著問：「妳當時是不是沒有衣服？」

「衣服？哦……後來殿下把自己的衣服借給我穿了。」

昌僕看朱萸一派天真，那句「大哥可不是因為害怕才跳下榻」終是沒有出口，想到一貫冷酷的大哥竟然也會「被嚇得跳起來」，嘴角忍不住透出一絲笑意，笑意還未全散開，已全變成了心酸，「那妳後來就一直跟著大哥了？」

朱萸癟著嘴，沮喪起來，「唉！我雖然能說、能動了，卻笨得要死，殿下很是厭煩，幾次都要把我轟走。」

「那妳怎麼能留下的呢？大哥一旦做了決定可很難改變。」

「我不知道，那時我靈力不穩，只要一緊張就會變回木頭，每次他一趕我走，我就變回了木頭。殿下氣得警告我，如果我再敢變回木頭，就一把火燒了我，我很想聽他的話，不惹他生氣，不變木頭，所以我就很努力很努力，只有一半身子變回木頭，沒想到殿下更生氣了，說妳還不如全變成木頭……」

阿珩聽到她們的交談，不知不覺中走到了窗戶旁，側耳聆聽，只盼著朱萸再多說一些，她的大哥，一直守護在她身後的大哥，她卻從來沒有真正了解過。

那麼漫長的幾百年啊，她急急忙忙地好奇著外面的世界，為什麼從來沒有關心一下身邊的大哥呢？是不是因為親情得來的太容易，她才從沒有想過會失去？為什麼只有在失去後，她才知道自己有多愛大哥呢？

自冰月自盡後，諾奈就終日抱著酒罈子，昏醉不醒。

炎帝榆罔慘死的消息傳到高辛，驚醒了宿醉的諾奈。他連夜趕往神農，可到了神農山下，到處戒嚴，他又不方便表明身分求見雲桑，正無計可施時，忽然想起當年自己私下約見蚩尤，蚩尤讓他在草凹嶺等候，後來他才知道草凹嶺被前代炎帝列為禁地，不允許任何人靠近，所以也沒有侍衛守護。

諾奈琢磨著也許能從草凹嶺找到一條通往小月頂的小路，於是悄悄潛入了草凹嶺。

山崖頂端的茅屋仍在，隱隱透出一點亮光。諾奈心中一喜，快步上前，從窗戶外看進去，只見沐槿身披麻衣，手中舉著一顆東海夜明珠，一邊走動，一邊仔細凝視著屋子的每個角落，手從榻上、案上輕輕撫過，頰上淚痕斑斑，眼中柔情無限。

沐槿坐到榻上，拿起一件蚩尤的舊衣，貼在臉旁，忍不住失聲痛哭，「蚩尤，你究竟是死是生？為什麼我派人找遍了大荒都找不到你的下落？即使你真死了，也讓我再看一眼你的屍骨。」

諾奈心下淒涼，根據他聽聞的消息，神農、軒轅、甚至高辛都在尋找蚩尤，找到現在都沒有任何消息，蚩尤只怕已死，他冰冷的屍骨可否感知沐槿臉上滾燙的淚？

諾奈在外面站了半晌，沐槿一直捧著蚩尤的衣服低聲哭泣。他輕輕敲了下窗戶，「死者已矣，生者節哀。」

沐槿霍然抬頭，見是他，柳眉倒豎，「你個負心賊還敢來神農山？我這就殺了你為雲桑姐姐出口惡氣！」一道七彩霞練飛出窗戶，捲繞到諾奈的脖子上，諾奈不言不動，臉色漸漸發青。眼見著諾奈就要昏死，沐槿手一揚，霞練飛回，她惱恨地問：「為什麼不還手？難道你真是跑來送死的？那你也應該去雲桑姐姐面前求死，你辜負的是雲桑，不是我！」

諾奈行禮，「求王姬設法讓我見雲桑一面，不管生死，都聽憑雲桑處置。」

「你早幹嘛去了？你以為雲桑姐姐如今還有精力理會你嗎？」

諾奈默不作聲，眼神卻是說不出的哀傷，綿綿不絕，比起出聲請求，更有一種難言的力量。

沐槿狠狠瞪了諾奈一眼，「我帶你走一趟吧。」雲桑在她面前一直是最堅強的大姐，從不表露絲毫軟弱，可她知道雲桑心裡很苦，也許這個負心漢能給雲桑一點點慰藉。

小月頂上，夜來風疾，吹得林木發出嗚嗚咽咽地蕭索悲鳴。

毛竹屋內，幾截正在開花的影木[1]掛在屋梁上，每朵花都發出幽幽寒光，猶如漫天繁星，照亮著屋子。屋子中央擺著一具棺材，棺內躺著一個身著帝王華服的屍體，卻沒有頭顱。

雲桑頭戴荊釵，穿著麻衣，跪坐在席子上，在影木的寒光下雕刻著一塊建木，五官已經略具形狀，看上去很像榆罔。

她聽到腳步聲，停下了雕琢，看向門外。

沐槿領著一個男子悄悄過來，男子身材乾瘦，神情哀傷，卻難掩五官的清逸，正是與雲桑曾有婚約的諾奈。

沐槿對諾奈低聲說：「雲桑姐姐就在屋內，我在外面守著，如果有人來，我就大聲說話，你趕緊躲避。」

「多謝四王姬。」

諾奈迎著雲桑的目光，走進了屋內，千言萬語湧到嘴邊，卻一句話都說不出來。

雲桑對他的到來沒有絲毫意外，笑著點了點頭，「請坐。」

諾奈跪坐了下來，雲桑凝視著榆罔的頭像，「你來得正好，眼睛和鼻子這裡我總是雕不好，你的手藝冠絕天下，能幫我一下嗎？」

諾奈接過刀子，想要雕刻，卻發現因為終日酗酒，手竟然不再穩如磐石，輕輕而顫。越是緊

1. 影木，《拾遺記》中記載的植物，白天一葉百影，晚上花朵可以發光，猶如星星。

張，越是想要做好，越是抖個不停。

諾奈正又羞又愧，雲桑握住了他的手，不知道是她源源不斷傳來的靈力，還是她手掌間的溫柔堅定，他的手漸漸地不再顫抖，兩個人一起把最難雕刻的眼睛和鼻子雕刻得栩栩如生，就好似榆罔復生，正凝視著他們。

諾奈看向雲桑，滿面愧疚，「雲桑……」

「不要再酗酒了。」雲桑溫柔地看著他，眼睛內沒有一絲責怪，有的只是理解和寬容。

諾奈鼻子發澀，「好！」

雲桑微微而笑：「你的心意我已明白，神農如今的形勢，不方便留客，你回去吧！」

「妳呢？妳怎麼辦？」

「我？我是神農的長王姬，神農國在哪裡，我就在哪裡。」雲桑的肩膀很瘦弱，語氣卻異樣的平穩堅定。

諾奈猛地抓住了她的手，「跟我走！還記得凹凸館裡的水影嗎？我不做諾奈，妳不做雲桑，我們不要身分、不要地位，什麼都不要，就做我們自己！天下之大，總有一塊只屬於我們自己的地方！」

雲桑凝視著諾奈，眼中漸漸有了濛濛淚光，半晌後，她說道：「聽說冰月懸屍自盡在城樓的消息後，我知道，你作為高辛羲和部的大將軍諾奈，不可能再娶我這個異族的王姬了！可是，我以為那個設計出了水凹石凸的男兒會明白一切，能看見本心，遲早會來找我。我等著他，日日夜夜地等著他，一直等著他來找我，來告訴我，『諾奈不能娶雲桑了，但我來了，妳願意放棄一切，背負罵名，跟我私奔嗎？』我會緊緊抓住他的手，告訴他『讓諾奈和雲桑被咒罵唾棄去吧！』跟隨著他去海角天涯。我等了一天又一天，一夜又一夜，等得我眼裡和心裡都長滿了荒草……你卻一直沒有來！」

諾奈神色淒傷，他害怕一睜眼就看見冰月的屍體，害怕看見雲桑的淚眼，所以他一天又一天，一夜又一夜地沉睡在酒罈子中，嫌一般的酒不夠迷醉，甚至特意搜尋玉紅草酒[2]，來麻醉自己。直到榆罔的死訊傳來，他才驚醒。

他緊緊握著雲桑的手，「雲桑，我現在來了！」

雲桑慢慢地抽出了手，凝視著榆罔的頭像，一行珠淚從她的睫毛墜落，沿著臉頰緩緩滑下，「你來遲了！」

諾奈淒惘的神情中透出幾分堅定，「我答應要為妳再蓋一個凹凸館，只要水未枯、石未爛，永遠都不會遲！」

「我現在是神農的長王姬雲桑，神農百姓的依靠，我不可能跟一個背信棄義的高辛將軍走。」

諾奈急切地說：「雲桑，妳忘記妳發的毒誓了嗎？不得再干預朝政，否則屍骨無存！」

雲桑含笑看向諾奈，卻不知道自己的眼角仍有清淚，迎著影木的寒光，猶如一顆顆珍珠，刺痛著諾奈的雙眸，「將軍回去吧，我還有很多事要料理。」

諾奈凝視著雲桑——這個他又敬又愛的女子，他的目光仍舊眷戀地不肯移開，可他的心一清

---

2. 玉紅草，《屍子》中記載的植物，人食用後，要醉三百年，「昆侖之墟，玉紅之草生焉，食其一實而醉，臥三百歲而後寤。」

二楚，他再不可能擁有她，他的確來晚了！

「雲桑，妳不能……」

「請放心，我會保重自己，神農山上有我的父母弟妹，神農山下有我的子民，我不敢不保重自己。」雲桑說完，再不看諾奈一眼，凝視著楡罔的頭像，揚聲叫道：「沐槿，護送將軍下山。」

沐槿大步走來，直接拽起了諾奈，連推帶拉地把他弄出屋子，一邊押送諾奈下山，一邊說：「王姬是什麼性子，將軍應該一清二楚，只要你勇敢地伸出手，她就能放棄一切，跟隨你去天涯海角。可是，她等了你無數個日日夜夜，你卻懦弱地躲在酒罈子裡，等得王姬心如死灰，你配不上雲桑姐姐！如今……」沐槿眼中有了淚花，「你若真關心王姬，就永不要再來打擾她！」

諾奈搖搖晃晃地走下神農山，漆黑夜色中，聽到琴聲徐徐而起：魂兮、魂兮，歸來！

淒涼哀婉的琴音是雲桑在為弟弟引路，希望失去了頭顱的弟弟能循著琴音找到自己的家，讓心安歇。

諾奈恍恍惚惚地飛向高辛，卻不知道再有誰肯為他彈奏一曲，指明他心所能安歇的方向。

回到府邸，諾奈走進屋中，看著已經落滿灰塵的梧桐琴，這是他為雲桑做的琴。

朝朝暮暮、晨晨昏昏，雲桑曾無數次為他撫琴，似乎房間內仍有她的歡聲笑語，廊下仍有她的衣香鬢影。

諾奈的手輕輕撥弄過琴弦，斷斷續續的清響，哀傷不成調。

幾個侍者低著頭走進來，手中捧著酒壺，諾奈嗅到酒香，隨手拿起，剛湊到嘴邊，突然想起雲桑的話，立即用力把酒瓶扔向窗外。侍者們嚇得全跪在地上，諾奈跌跌撞撞地把所有侍者手中的酒罈都砸向窗外，「把府裡的酒全部砸了，全部砸了！」

侍者們連滾帶爬地往外逃，少昊走進屋子，看到滿地砸碎的酒罈，「你終於醒了。」

諾奈垂頭而坐，「可是已經遲了！」

少昊坐到他對面，看著諾奈的手指摩挲著梧桐琴上的兩行小字——**雲映凹晶池，桑綠凸碧山**。隱藏了「雲桑」的名字，又描繪了他們初次相逢的場景，還用雲映池、桑綠山表達了他對雲桑的情意。

少昊一聲長嘆，「曾讓我驚嘆才華品性的諾奈哪裡去了？」

諾奈無動於衷，有口無心地說：「諾奈辜負了殿下的期望。」

「你那麼聰穎，難道沒有想過為什麼黃帝能那麼容易暗殺了榆罔？」

這句話終於吸引了諾奈的注意，他看向少昊，邊思索邊說：「黃帝親手殺了榆罔，可以大振軒轅的士氣，瓦解神農的鬥志，可除非清楚知道榆罔身在何處、身邊的侍衛力量，否則不值得親自冒險去殺榆罔。」

「黃帝的性子謹慎小心，一旦行動，務求一擊必中，只怕連榆罔御駕親征都是黃帝一手策畫，就是為了暗殺榆罔。」

諾奈的神色漸漸凝重，「神農國內有身居高位的內奸！」

少昊點點頭，諾奈眼中有了擔憂，雲桑可知道？

「諾奈，我有一事想要託付給你，此事既有利於神農，也有利於高辛。」

「臣愚鈍，想不到何事既有利於神農，也有利於高辛。」

「我本來認為憑神農的雄厚國力，黃帝和神農的戰爭要持續很多年，我有時間改革整飭高辛。即使最終黃帝攻打下神農，也要損兵折將，元氣大傷，我就可以從容應付黃帝。可沒想到黃帝裡應外合，出此奇計，竟然一舉瓦解了神農。黃帝若順利滅了神農，下一個就是我們高辛，到那時，哀鴻遍野，我和宴龍、中容，高辛四部的爭鬥都會顯得可笑荒謬。」

諾奈神情肅穆，眼中透出堅毅，「陛下不是榆罔，我們這些將士絕不會讓軒轅大軍踏進高辛！」

那個鐵骨錚錚的男兒又回來了！少昊微笑著點點頭，「我需要時間，鞏固帝位，改革高辛，訓練軍隊！」

「怎麼才能贏得時間？」

「只要黃帝一日不能征服神農，高辛就安全一日。」

諾奈心中漸漸明白，「高辛是軒轅的盟國，表面上當然不能幫助神農，但是暗中卻可以幫助神農，神農的戰鬥力越強，對黃帝的殺傷力越大，對高辛就越有利。」

「對！這就是我說的既有利於神農，也有利於高辛的事情。」

諾奈知道少昊城府很深，這番話必有深意，他默默沉思了一瞬，跪在少昊面前，「不管陛下想要我做什麼，我都願意！」

少昊說：「以你的出身，這件事情本不該交給你，可有勇氣的少機變，有機變的少忠誠，有忠誠的少才能，思來想去只有你合適，需要你犧牲良多。」

諾奈說：「陛下知道我對雲桑的情意，如果不是因為我是高辛的將軍，陛下又對我恩重，我真想變成神農的將軍，立即到戰場上去為雲桑殺退軒轅。如今難得有一個機會，既能全我對雲桑的私情，又能盡我對國家的大義，不管什麼犧牲我都心甘情願。」

「這件事情只能祕密進行，只有你知、我知，縱使你能幫到雲桑，她也不會知道你是諾奈。」

諾奈淒涼得笑了笑，「我明白，我的身分如果洩露，既是害了雲桑，也是害了高辛。」

「不管犧牲什麼，你都願意？」

「縱死不悔！」

「那好，我要你做的第一件事情就是繼續酗酒，不分晨昏都大醉。第二件事……」少昊拿起了梧桐琴，「我要你在冰月懸屍的城樓下發酒瘋，當眾砸了這琴。」

諾奈愣住，看著琴，半晌不語。

少昊冷冷地問：「你若酗酒砸琴，就會毀了雲桑對你的最後一點情意，也就是讓她徹底遺忘你。這樣的犧牲你也願意嗎？」

諾奈重重磕頭，「臣願意。」

第二十五章 思郎恨郎郎不知

蚩尤，你究竟在哪裡？為什麼要讓我獨自承受一切？
阿珩心底漸漸絕望，眼前漸漸漆黑，
耳邊卻似乎聽到了孩子的哭泣聲。
她的淚落在冰冷無情的水中，沒有一絲痕跡。

彤魚氏大鬧朝雲殿後惡人先告狀，向黃帝進言她在朝雲殿內遭受的羞辱，黃帝派侍從把彤魚氏的書信直接送到朝雲殿。

昌意看到信的內容，氣得身子都在抖，拿著書信就想去父王面前把事情的黑白道個分明。阿珩拽住他，微笑著提筆，一條條回應著「罪名」，恭恭敬敬，卻把罪名一一駁斥了回去。

因為嫘祖病得很重，少昊說百善孝為先，特意允許阿珩留在朝雲峰照顧嫘祖，這一住就是一年，不知不覺中，整個家都由阿珩做主，從整飭朝雲殿，安排母親的日常起居，到應答黃帝的垂詢，回覆各地的文書，她做得從容不迫，有條不紊。

從容微笑的阿珩令昌意又是悲傷，又是敬佩。

昌僕看到昌意站在窗前半晌都一動沒動，她走過去，順著昌意的視線，看到桑林裡，阿珩陪著嫘祖在散步。

昌僕雙手環抱住昌意的腰，臉貼在他背上，柔聲問：「在想什麼呢？」

昌意頭未回，雙手放在了昌僕的手上，「我以前一直覺得阿珩像我，如今才明白，其實阿珩骨子裡像大哥。」

「嗯，小妹超乎我意料的堅強。」青陽被蚩尤殺死，蚩尤生死不明，要換成她只怕一個打擊都受不了，阿珩卻還能反過來照顧身邊的所有人。

昌意低聲問：「我是不是個挺沒用的哥哥？早知道如今，我真應該把讀書畫畫的時間都用來修煉。」

昌僕心頭酸澀，緊緊抱著昌意，「大哥和小妹這樣的性子就像是利劍，看似鋒芒奪目，卻很容易傷到自己，你就是那個劍鞘，看似樸實無華，卻能讓利劍隱去鋒芒，安心休息，小妹能這麼堅強，是因為她知道她的四哥永遠在她身後。」

昌意眉頭微微舒展，緊握住了昌僕的手。悲傷仍在心底，可他知道不管任何時候，當他軟弱迷惘時，他的妻子都會抱住他，很多時候，男人的力量來自女人的相信。女人需要依靠男人，男人又何嘗不需要依靠女人呢？

昌僕看日過正午，笑說：「今日的陽光好，我們把几案放在桑樹下，在外面用飯。」

「好。」

一切布置停當後，昌僕笑著叫：「母后，小妹，吃飯了。」

阿珩扶著母親過來，聞到飯菜香，忽然覺得一陣心悸，頭暈腳軟，只想嘔吐。

嫘祖反手扶住她，阿珩乾嘔了幾下，怕母親擔心，笑著說：「沒事，大概是因為昨兒太貪吃，把胃口搞壞了。」

嫘祖神色一動，手掌貼到阿珩的腹部，笑起來，「真是個傻丫頭，虧妳還說懂醫術，都已經快一年的身孕了還不自知。」

昌意臉上的血色褪去，阿珩也面色發白，嫘祖因為太興奮，沒有察覺他們的異樣，喜孜孜地說：「應該趕快通知少昊，他還不知道要怎麼高興呢！」

昌僕忙笑道：「母后，先吃飯吧，吃完飯後再想如何和少昊說，要不然少昊一激動想把妹妹立即接回去，母后只怕又捨不得。」

阿珩恢復了鎮定，「娘親，我想自己親口告訴少昊。」

嫘祖笑道：「也是，我是高興得糊塗了。」

吃完飯後，昌意給昌僕打了個眼色，昌僕尋了個藉口，扶著嫘祖先離開。

昌意問阿珩：「妳想怎麼辦？這可是蚩尤的孩子！」

阿珩低著頭不說話，太過意外，剛才又忙著應付母親，一直沒時間去仔細想。良久後，她抬起頭，微微一笑，眼中滿溢著喜悅激動，「四哥，你要做舅舅了。」

昌意愣了一愣，不管他多麼痛恨那個父親，這個孩子都是阿珩的孩子。

「是啊，我要做舅舅了。」昌意從心底笑了出來，現在才體會到母親的開心，這個世上，只有生才能消泯死的陰霾。

昌僕的笑聲響起，「既然你喜歡孩子，我們以後生一堆。」昌僕坐到昌意身旁，雙手托著下巴，瞇著眼睛說：「如果有一堆孩子圍著母后，不停地叫『奶奶、奶奶』，母后一定每天都笑得合不攏嘴。」她拍了下手，對昌意宣布，「就這麼決定了，我們趕緊生孩子，生一大堆，讓整個朝雲峰都充滿孩子的叫嚷聲。」

阿珩想到她和蚩尤也許只有這一個孩子，壓著心酸，笑道：「這樣最好，一群兄弟姐妹一塊長大才有意思。」

昌僕連連點頭，興奮得好似她已經有了孩子。

昌意笑斥，「盡胡說八道！老天給了神族綿長的壽命，卻嚴格限制著神族的數量，神族產子並不容易，妳們以為想要就能要？」

昌僕笑咪咪地說：「我們倆從來沒做過惡事，老天肯定會給我們很多孩子。」

昌意正色對阿珩說：「這件事情，妳還要想想怎麼和少昊說，如果是個女兒，倒無所謂，如果是個男孩，可就是高辛的長子，那可不是開玩笑的事情。」

昌僕點頭，「關係到王位，只怕少昊不能亂認孩子，可如果被人知道了孩子不是王族血脈，按照高辛的國律，孩子要被溺死，小妹即使能保性命，也要被奪去封號，幽禁入冷宮。」

昌意說：「絕不能讓人知道是蚩尤的孩子，這幾百年來，善名歸了榆罔，惡名全被蚩尤擔了，深恨蚩尤的人太多。」

一時間，他們三個都沉默了，一年前，神農還是中原霸主，如今卻世上已再無神農，榆罔死、青陽亡、蚩尤生死不明……

阿珩強笑了笑，說：「等回到高辛，我會和少昊商量此事，你們不用擔心。」

阿珩雖然放不下母親和四哥，可畢竟在朝雲峰住了太久，如今又有了孩子，必須回高辛。正打算要走，黃帝召她和昌意覲見。

阿珩琢磨不透黃帝的意思，知道四哥性子老實，叮囑昌意：「若父王問了什麼難以回答的問題，你就別說話，讓我來回答。」

位於軒轅城北端的上垣宮修建於軒轅立國之時，為了彰顯一國威儀，宮殿雖然不大，可耗費的人力物力並不少，也許因為號黃帝，黃帝偏愛黃色，飛簷廊柱都以黃金裝飾。阿珩和昌意到上垣宮時，正是日落時分，夕陽映照下，整座宮殿如有金光籠罩，懾人心神的金碧輝煌、莊嚴肅穆。

大殿內剛議完事，還有些散置的茶盅果碟，夕陽從窗戶斜斜照入，金銀打造的器皿茶具都鍍上了一層溫暖的光暈。

殿堂最高處是一個鎏金雕龍的王座，黃帝端坐在高高的王座上，身周被層層的金色光芒包圍，高大威嚴。

昌意和阿珩跪下磕頭，黃帝站起，對阿珩說：「妳的身分不必對我行大禮。」

阿珩道：「在這裡，我只是您的女兒，不是高辛的王妃。」

黃帝笑著叫他們過去坐，昌意和阿珩一左一右坐在了王座下擺放的坐榻上。

黃帝問了一下嫘祖的身體，昌意仔細回答。

黃帝說：「青陽的傷勢怎麼樣了？」

阿珩道：「傷得非常重，一直昏迷不醒，如果不是少昊正好在，大哥只怕已經……」

黃帝輕嘆了口氣，說道：「我叫你們來是想和你們商量一件事情，你們應該也聽聞了最近的戰事。」

昌意說：「一直是勝利的捷報。」

黃帝道：「這只是表象，神農國雖然已經四分五裂，可民眾多念故國之情，並不肯輕易投降，投降的只是一小部分，剩下的才是最大的威脅，如今他們心驚膽戰，不敢正面抵抗，但只要我們失敗一次，就會激起那些刁民的頑抗之心，到時候星星之火，足可燎原。所以，如今的策略，一面是戰場上，但凡頑抗者，我們絕不手軟，該殺的殺，該斬的斬，另一面則要厚待神農故民，讓所有神農子民明白只是換了一個國號，他們依舊可以安居樂業。」

阿珩讚道：「恩威並施，父王英明。」

黃帝道：「對神農的諸侯而言，一切承諾都是口說無憑，最好的做法就是讓他們看到軒轅族和神農族血脈相融、休戚相關。」

昌意問：「父王的意思是想軒轅和神農聯姻？父王想要哪位弟弟去求婚？」

黃帝重重嘆了口氣，「不僅僅是普通的聯姻，這樁聯姻和王位息息相關。」

昌意和阿珩對視一眼，問：「為什麼？」

「我們是要神農的所有國土和百姓，為了顯示我們的誠意，提親的王子必須是未來王位的繼承者，否則憑什麼要神農歸順？另一個原因是被情勢所逼，不得不如此。神農百姓占了大荒幾乎一半的人口，神農族是大荒內最大的神族，再加上世代和神農族聯姻的神族，誰若娶了神農族的王姬就代表著他會獲得這些百姓和神族的全力支持。這些神農遺民在投降後，不管是出於愧疚，還是出於保命，一定會想方設法把和他們聯姻的軒轅王子推到王座上，只有這樣，流著神農血脈的孩子才能在將來繼承王位，才能長久地保證神農族的利益。」

阿珩低聲問：「父王真願意將來讓有神農血脈的孩子登基嗎？」

黃帝苦笑，「我不願意又能如何？武力的征服永遠都只能是暫時，即使我想做暴君，我能殺光所有神農子民嗎？只怕還沒等殺光他們，軒轅就已經國破了。如果這是唯一的方法，兩族血脈交融，軒轅才能安穩地執掌天下，那我也只能接受！當然，這只是眼前的權宜之計，青陽不會只有一個妃子，如果神農將來無所作為，那天下自然沒有他們的份！」

阿珩對父親又是懼又是敬，他的眼界不僅僅是眼前的勝利，他的心胸早已經看到千年之後。

黃帝的視線從昌意臉上掃到了阿珩臉上，「正因為聯姻和王位息息相關，朝中為了聯姻的事已經吵了幾天，一派認為應該由這一年來戰功最顯著的夷彭求娶，一派則堅持認為派青陽去求婚才是軒轅族最大的誠意。你們應該能代表青陽的意思，你們倆告訴我，我究竟該選青陽還是夷彭？」

昌意不知道該怎麼回答，只能看著妹妹。阿珩低頭沉默了一瞬，仰頭看著黃帝，朗聲說道：「請父王派大哥去求親。」

黃帝說：「為什麼？不要給我說青陽的豐功偉績，我今天已經聽了一天，實在不想再聽。」

阿珩神色哀傷，聲音卻鏗鏘有力，隱隱有殺伐之氣，「原因和軒轅族聯姻神農族一樣，大哥只能這樣，不僅僅是為了得到，還是不是生就是死，如果父王派夷彭去求婚，那麼女兒現在就告訴父王，從此以後父王就完全失去了青陽的助力！也就是失去我和四哥！」

黃帝神色驟冷，盯著阿珩，似在質問阿珩，妳敢威脅我？昌意緊張得氣都不敢喘，阿珩卻只是平靜又悲傷地看著黃帝。

一瞬後，黃帝大笑著點頭，眼中竟然是激賞，「好，不愧是我的女兒！你們要永遠記住，軒轅族只是一個一無所有的民族，想要什麼就要自己去搶！」

昌意和阿珩同時下跪，「謝父王。」

黃帝問：「青陽的身體還要多久才能康復？」

阿珩說：「若要靈力完全恢復至少還需要一兩百年的時間，不過成婚並不需要打鬥，等傷勢穩定後，也許大哥能暫時出關一段時間。」

「那就可以了，昌意先代兄去神農求婚，婚期再另行安排。」

阿珩問：「不知道是神農族的哪位女子？」

「妳問得正好，我正想聽聽妳的意見。榆罔沒有子女，上代炎帝有三個女兒、一個義女，兩個早亡，如今只剩雲桑和沐槿，最能代表神農的當然是長王姬雲桑，不過……」

「不過什麼？父王是顧忌她和諾奈曾有過婚約嗎？」

「我們軒轅可沒高辛那麼多莫名其妙的禮教，別說只是婚約，就是雲桑已經嫁過人，只要她身上流著炎帝的血脈，我們軒轅都照娶！」

「那父王顧忌什麼？」

「我擔憂的是雲桑，她不是個容易控制的女子，我私心裡倒是想要沐槿，但沐槿畢竟只是義女，所以還是向雲桑求婚吧！」

阿珩喃喃說：「萬一、萬一……雲桑不願意呢？」

黃帝冷哼，「不管過去的神農多麼強大，現在它是戰敗一方，戰場上的死屍早讓他們心驚膽寒，他們早就迫不及待地想用聯姻換取和平。」

阿珩不敢再多言，「女兒明白了。」

昌意和阿珩行禮告退後，同乘雲輦回軒轅山。昌意問道：「這樣做可以嗎？都沒和少昊商量一下。」

「如果大哥不娶，就是夷彭娶，這是生死的選擇，少昊比你我都理智果決，肯定會同意。何況……」阿珩抓住昌意的手，重重地說：「少昊就是青陽，他就是我們的大哥。」

昌意點點頭，「我記住了。」

到了軒轅山腳下，恰好碰到也要上山的夷彭。論長幼，應該夷彭給昌意讓路，可論官職，則應該昌意給夷彭讓路。兩邊駕車的侍者各不相讓，都想先行，吵得不可開交。

昌意覺得這是爭無謂之氣，掀開車簾，想命侍衛讓一讓，阿珩按住昌意的胳膊，搖搖頭。這並不是意氣之爭，而是一種態度，今日一讓是小，卻會令跟著他們的侍衛心冷，他們都肯為了主公不惜以下犯上，主公自己卻不肯捍衛自己的威嚴，那他們日後豈會多事？

眼看著侍衛們就要動手，夷彭方下車喝斥道：「把這裡當什麼地方？」一邊喝退眾侍衛，一邊走了過來。

昌意實在難以和害死大哥的兇手交談，勉勉強強地和夷彭說了幾句話，就裝作欣賞風景看著窗外，阿珩倒是和夷彭笑如春風，還恭喜他榮升大將軍。

夷彭看看四周，見宮女侍衛都不在跟前，低聲道：「最近抓了不少神農的俘虜，這些人為了保命什麼話都敢說，給王妃提個醒，要小心了。」

「哦？都是什麼？」

「他們說王妃和蚩尤有私情，唉！說得有鼻子有眼的，就像是真的一樣，還說就在阪泉大戰前，蚩尤和妳仍在外私會，我怕父王生氣，什麼也沒敢說。不過，高辛禮儀最是森嚴，這事要是傳到高辛，只怕就算是流言，也得鬧翻天。」

阿珩不知不覺中把手放到了腹部，面上倒還是笑著，「竟然有這樣的事情？蚩尤重傷了大哥，我恨他都來不及。」

夷彭笑道：「神農和軒轅都在四處找他，可都一年了，還沒有任何消息，看來蚩尤已經死了，說不定屍骨早被野獸吃乾淨了，王妃的仇也就算是報了。」

阿珩心猛地抽疼，胃裡一陣翻騰，根本連壓制都來不及，就翻江倒海地嘔吐出來，全吐在了夷彭衣袍上。

夷彭急急後退，一旁的宮女們花容失色，忙又是水壺，又是帕子地圍過來。

夷彭嫌惡地蹙著眉，任由宮女忙活。

阿珩趴在車窗上，還在低頭乾嘔，昌意急忙拿出準備好的酸梅，讓阿珩含在嘴裡壓一壓。

阿珩吐得頭暈腳軟，一句話都說不出來。

夷彭對昌意道：「王妃身子不舒服，四哥先行吧。」

等昌意的車輿走遠了，夷彭方上路，隱隱地總覺得有什麼很重要的事情被自己漏過了，可仔細去想，又想不出來是什麼。

到指月殿時，一隻藍鶡落到夷彭的肩頭，把一枚玉簡吐到他手裡，他笑讀著玉簡中的消息。

黃帝已經擇定青陽與神農聯姻！

夷彭笑容驟失，把玉簡捏得粉碎，藍鶡被他的殺氣嚇得尖叫著逃進了山林。

山巔的八角亭中，母親呆呆地坐著，毫無生氣，像個沒有血肉的泥人。自從三哥死後，母親就是這樣，幾天清醒，幾天糊塗，清醒時一心籌謀著要殺了嫘祖，糊塗時喜歡坐在山巔等三哥回家，怎麼勸都沒有用。

夷彭向母親走去，一個老嬤嬤迎上來行禮問道：「有個以前服侍過娘娘的侍女來求見，當年因為私情，本該被杖斃，娘娘開恩，不僅沒責罰，反而悄悄安排，讓她順利出嫁。她近日跟著夫婿回到軒轅城，聽聞娘娘抱恙，惦記著娘娘以前愛吃她醃製的家鄉小菜，所以特意送了來，讓她回去，可她一直唸叨著娘娘當年的恩情，想當面叩拜娘娘，已經等了半日。」

夷彭溫和地道：「難為她有心，宣她進來，見一面吧。」

夷彭迴避在一旁，不一會，一個挺著大肚子的婦人提著一個醃菜罈子進來，一見彤魚氏就跪倒，彤魚氏卻壓根不認識她，只是怔怔地盯著她的肚子。

婦人知道宮裡規矩嚴，看到彤魚氏的樣子，心下難受，卻什麼都不敢多說，把醃菜奉給侍女後，就磕頭告退。

她剛站起，彤魚氏忽然問：「孩子鬧得厲害嗎？」不等她回答，又自言自語地說：「我那會鬧得可厲害了，總是吐。城北杜家醃製的酸梅很好，含一顆在嘴裡，能緩解噁心，妳也買一些吧，記住，可不能不吃飯，千萬別餓著了孩子。」

婦人怔怔地點頭，嬤嬤做手勢，示意她趕緊離開。

站在遠處，留意傾聽著的夷彭愣了一瞬，驚喜地大笑起來，阿珩有身孕了？這個孩子只怕不會是少昊的，讓嫘祖一家全死的方法終於送上門了！

夷彭對侍從吩咐：「送那婦人出去，重重賞賜她。」

他一邊愉快地笑著，一邊取過侍女手裡的披風，快步走進山亭，搭到母親肩頭，「娘，我們進屋去。」

「揮兒呢？他怎麼還不回家？我好久沒見他了。」

「他跟著父王忙事情呢，這幾日回不來，妳不是教導我們要努力嗎？三哥越忙表明父王越重視他啊！」

「對，對，你們要爭氣，一定不要讓朝雲峰上那個賤人的兒子得逞。」彤魚氏心滿意足地笑了。夷彭邊替母親攏著披風，邊微笑著承諾：「不會讓他們得逞，娘剛才已經告訴我方法了。」

阿珩和昌僕陪母親在桑林內散步，朱萸一會過來晃一圈，問她什麼事，她又把頭搖得和撥浪鼓一樣，「沒有，沒有，什麼事情都沒有。」

沒過多久，就又看到她的鵝黃衫子在樹林間鬼鬼祟祟地閃過。嫘祖笑起來，對阿珩說：「我看這丫頭的視線盡往妳身上掃，肯定是有話和妳說，妳去看看吧！」

阿珩笑著應是，去找朱萸，「妳找我什麼事？」

朱萸看了看四周，確定沒有人，「王姬，妳知道大殿下手下有專門負責打探搜集各種消息的人嗎？」

「大哥沒和我說過，不過，不用說也知道肯定有。」

「殿下這次出征前曾叮囑過我，他不在的時候，如果有什麼事，就讓我彙報給妳。」

阿珩心口脹痛，沉默了一瞬，問道：「有什麼異常的事情嗎？」

朱萸點頭，「很奇怪，夷彭一直在派人查探妳和蚩尤，他還重金從神農族請了一個精通醫術的巫師回來，據說那個巫醫最擅長診斷孕婦。」

阿珩神色大變，冷汗涔涔而下。

朱萸忙問：「王姬，妳怎麼了？」

阿珩定了定心神，對朱萸囑咐，「這些事情千萬不要告訴別人。」

「我知道。」

阿珩默默沉思，看情形夷彭肯定是懷疑她懷了蚩尤的孩子，那麼夷彭要怎麼做才能讓這件事情變做利器來殺人呢？

「朱萸，妳能幫我尋找幾味草藥嗎？」

朱萸笑著說：「別的事情我幹不好，找藥草絕不會有問題，不管多稀罕的藥草，我都一定可以幫妳尋到。」

阿珩湊在朱萸耳邊，低聲把藥草的名字報出，朱萸神色越來越驚異，不過她跟在青陽身邊久了，已經習慣不提問，只做事。

阿珩吩咐完朱萸，讓阿獙和烈陽陪著朱萸去尋草藥。

當他們的身影消失在雲霄間，阿珩臉上的鎮靜消失了，只有濃重的哀愁。

她拔下髻上的駐顏花。

花色依舊，可那個贈花的男子呢？

整整一年了，不管神農、軒轅，還是高辛，都在尋訪他的下落，可全無蚩尤的消息，人人都說他已死，連少昊也這麼認為，她卻一直不相信，但烈陽、阿獙幫她找遍了每一個可能的地方，都沒有發現一絲蚩尤的蹤跡。

也許，只是她不敢面對，所以一廂情願地選擇了不相信。

她舉起駐顏花，低聲問：「你究竟在哪裡？知不知道我們有孩子了？知不知道我很擔心你？」

花瓣在微風中輕輕顫動，寂寂無言。

兩行珠淚沿著阿珩的臉頰靜靜滑下，滴落在桃花上，令緋紅的桃花更添幾分嬌豔。

黃帝向朝臣正式公布，派昌意代青陽去向神農族求親。

昌意本以為夷彭會激烈反對，不想他不但沒有反對，反而積極配合，為求親出謀畫策，並主動請纓，願意陪昌意同去，為昌意助一臂之力。

黃帝考慮到如今形勢複雜，昌意不善應變，的確應該派一個機智多變的人幫助昌意，可夷彭？黃帝並不相信他。

黃帝正遲疑不決，夷彭奏道：「父王，兒臣覺得最好能請小妹也隨行，小妹身分矜貴，在看重血脈地位的神農族眼中，小妹前往比我們說什麼都顯得更有誠意。」

黃帝沉吟不語，阿珩的確是個好人選，她雖是軒轅族的王姬，卻有一個中立的身分，某些軒轅族不方便做的事情可以由她做，有阿珩在，也不怕夷彭搗鬼。

昌意急急反對，「小妹在朝雲峰是為了照顧母后，已經收拾好行囊，這兩日就要回高辛，不方便陪我去神農。」看黃帝的神色不以為然，昌意情急間又說：「小妹近日身體不太舒服，不適合舟車勞動。」

夷彭急得簡直要跺腳，大叫道：「小妹身體不舒服？怎麼沒傳召醫師呢？這若傳回高辛，人家不會說四哥不細心，只會說軒轅太失禮。父王，命醫師替小妹看下身子吧！」

黃帝點點頭，正要下旨。

「多謝九哥關心，不過不用了，前幾日胃有些不舒服，今天已經好了。」阿珩從殿外姍姍走入，向黃帝行禮，「父王，讓我陪四哥去神農吧，我和雲桑有幾分交情，若有什麼事情，也方便私下商量。」

黃帝准了阿珩的要求，命他們三個收拾妥當後就立即出發。

在他們要退出大殿時，黃帝盯著夷彭道：「事關軒轅國運，一切都按我的部署進行，只許成功，不許失敗，若出了差錯，我拿你和昌意一起重重責辦。」

夷彭朗聲應道：「是！」

回到朝雲峰後，昌意埋怨阿珩，「妳明知道自己懷孕了，怎麼還非要跟著去神農？」

阿珩不想告訴四哥夷彭已經知道她有身孕，正在步步試探，即使四哥知道了，也幫不上什麼忙，反倒讓他更擔心。阿珩說：「我只是懷孕，又不是生病。這事看似是聯姻，實際卻是王位之爭，夷彭絕不是去幫我們，我和你同去，彼此有個照應。」

「我明白，可惜我沒有大哥那麼能幹，否則也不用妳這麼操心。」

阿珩靠在昌意肩頭，「傻四哥，若沒有你，我連心都不知道該放哪裡。」

昌意攬著阿珩，頭靠在阿珩頭上，微微而笑。

第二日，昌意、阿珩和夷彭一同前往神農山。同時間，軒轅休和應龍依照黃帝的命令率軒轅大軍繼續向東推進。

榆罔死後，在黃帝連戰連勝的事實面前，那些本以為可以自立為王的諸侯們開始害怕，再加上看到已經投降軒轅的人都受到禮遇和厚待，他們也不免開始考慮是否應該投降。畢竟在死亡的威脅下，沒有幾個人可以視死如歸。

在幾個德高望重的國主聯繫下，各個屬國齊聚神農山，共同商討如何應對軒轅族，究竟是戰是和。

共工苦口婆心地想要說服大家，如今不是神農族打不過軒轅族，而是神農四分五裂、各自為政，只要大家聯合起來，把軒轅族打敗還是很有可能。

大家紛紛點頭，認為共工說得很有道理。

共工大喜，激動地請求大家聯合推舉一個領袖，歃血為盟，起誓一切都聽從他的命令，只有這樣才能與黃帝相抗。

各個諸侯國主沉默了下來，有人甚至譏諷共工，「說了半天什麼全心全意為了神農，原來不過是你想稱王。」一人出聲，眾國主紛紛附和，連前代炎帝點評「共工只是猛將，不是帥才」都拿出來講，唯恐有人推舉共工。

共工傷痛攻心，昂藏七尺的漢子氣得眼淚都差點要落下來。他終於明白了為什麼祝融不來參加這個會議，因為祝融早知道這些人是什麼樣子。

共工對天宣誓，「我共工若有半絲稱王奪權的心就讓我天雷焚體，不得好死！神農列祖列宗在上，我已盡力！若他日國土盡失，共工唯有以身殉國！」說完，他一甩袖，大踏步而去。

眾人被他氣勢所懾，半晌都不得作聲。

好一會後，才有人說：「軒轅的大軍就要到神農山了，我們還是趕緊商量一下怎麼辦好。」所有人又開始七嘴八舌地說，可還是每個人都只惦記著自己的安危利益，唯恐別人占了便宜，自己吃了虧。

雲桑默默聆聽著他們的爭辯，細細觀察著每個人的神情變化，沐槿氣得臉色發青，幾次要跳出來破口大罵都被雲桑制止。后土神色清冷，靜站在雲桑和沐槿身側，猶如一個守護的武士。

突然，一個宮人連滾帶爬地衝進來稟奏，「軒轅大軍已經到了澤州城外六十里！」吵嚷不休的諸侯國主們立即變得鴉雀無聲。

眾人都明白這是什麼意思，澤州是軹邑最後的屏障，澤州若是城破，軒轅族可以長驅直入軹邑，這就意味著——神農國馬上就要被軒轅族從大荒的地圖上徹底抹去。

不管他是多卑劣的小人，都不免有了國破之痛，傷己之哀。

在一片悲傷恐懼的靜默聲中，侍衛進來通報，軒轅昌意求見。

眾人彼此相視，流露著緊張害怕，不知道該怎麼辦，雲桑從容地下令：「請！」

昌意當先而行，夷彭和阿珩尾隨在後，若論風度儀態，昌意是軒轅族所有王子中最出眾的，他談吐謙遜，舉止溫雅，絲毫沒有戰勝國的驕傲，又熟悉神農禮儀，很快就博得了在場諸位的好感。

后土問道：「王子遠道而來應該不只是為了與我們寒暄，請問所為何事？」

昌意視線掃了一圈坐在各處的諸侯國主，「我是奉父王之命，代我大哥軒轅青陽向神農族求親，父王說唯有濃於水的血才能化解戰事，讓天下太平。」

各路諸侯壓著聲音交頭接耳，大殿內一片嗡嗡聲，早已經暗中投靠了黃帝的人此時開始發揮作用，裝作深明大義的樣子，低聲說青陽可是未來的黃帝，若神農族的女子成為王后，那就代表著有神農族血脈的王子將來會是這個天下的主人。在眾人的低聲議論中，一些本覺得投降會對不起神農先祖的人也開始為自己的行為找到了冠冕堂皇的理由。

昌意微笑著等大家議論了半晌後，才又問：「不知道各位意下如何？」

在場年紀最長的君子國國主問道：「不知道青陽殿下想求娶哪位女子？」

大家剛才還很親密，此時一聽此言，關係到切身利益，立即拉開了距離，彼此戒備地相視。

昌意道：「父王說，青陽是軒轅長子，威重天下，青陽的正妃自然也要身分尊貴，德容兼備，所以派我代兄長來向長王姬求婚。」

眾人的目光都看向了雲桑，第一次意見一致，沒有任何人反對，后土卻突地站了起來，高聲說：「絕對不行！」

大殿內一片哄然，七嘴八舌地吵著嚷著。

后土冷笑著搖搖頭，「一群目光短淺的烏合之眾！」對雲桑和沐槿說，「王姬，我護送妳們回小月頂。」沐槿立即扶起雲桑，向外走去。

一群人想阻攔，后土的手緩緩抬起，掌間籠著一團扭動的黃沙，猶如擇人而噬的猛獸，聲若寒冰，「你們想擋我的路？」

后土姿容秀美，體態文弱，從小到大一直被人嘲笑，但是當他幾百年前幾乎要了祝融的性命時，眾人才驚覺這個姿柔面美的身體中藏著一副比蛇蠍更陰狠的心腸。

大殿內所有的聲音都消失了，后土的目光從眾人臉上掃過。殿內諸人都是坐擁一方的諸侯，卻開始害怕地後退。

后土帶著雲桑和沐槿從一群人中快步穿過，消失在殿外。

大殿內諸人面面相覷，他們機關算盡，什麼都想到了，就是沒有想到雲桑會不願意。

好半晌後，周饒國的國主才對昌意說：「王子請先去歇息一下，事情太突然，女兒家一時不好意思，等我們去勸勸長王姬，她就明白了。」

昌意心內長嘆了口氣，帶著夷彭和阿珩離去。

因為阿珩他們是客，並不能真正進入神農山的腹地，只能住在神農山最周邊的山峰。

深夜，阿珩獨自一個坐在山巔，眺望著遠處若隱若現的小月頂，阿獙趴在她身邊，也是望著小月頂發呆，就烈陽性冷心更冷，覺得無趣，變回鳥身，把兩隻烏鴉趕跑，霸占了人家精心搭建的巢穴，呼呼大睡。

雲桑坐著九色鹿從山林中走來，阿獙溫馴地趴著，烈陽在呼呼大睡，可禽獸感覺靈敏，嗅出了阿獙體內的異樣，九色鹿畏懼地徘徊，遲遲不敢接近阿珩。

阿珩低聲對阿獙說：「你去別處玩一會。」頭未回地向後扔了一個小石子，打在樹梢間的鳥巢上，烈陽翻了個白眼，氣惱地飛出鳥巢。

九色鹿這才敢走過來，雲桑從鹿背上跳下，「好奇怪，以前我的坐騎不害怕阿獙，怎麼如今嚇得連靠近都不敢了。」

阿珩在雲桑面前不再掩飾，急切地問：「妳可有蚩尤的消息？」

雲桑神情黯然地搖搖頭，坐到阿珩身畔，「已經一年了，沐槿派人尋遍大荒，都沒有找到他。我不相信蚩尤會死，可以蚩尤的性子，只要他還有半口氣在，肯定不會坐視神農變成這樣。」

阿珩雙手放在腹部，眼中淚花滾滾，視線飄向隱在山嵐霧靄中的小月頂。

就在那裡，她打開心門，第一次承認了自己喜歡蚩尤，與蚩尤約定年年歲歲於桃花樹下相見。馬上就又是一年桃花盛開時，蚩尤，難道你又要失約？你可是在九黎的桃花樹下對我許諾，再不會有第三次！

雲桑低聲說：「這裡只有我，妳若想哭就哭吧！」

阿珩搖搖頭，「蚩尤答應過我世間只有我能取他性命，他不會死！」

事已至此，阿珩竟然還痴人說夢，雲桑眼中盡是同情。阿珩打起精神，問：「妳對我父王提議的聯姻如何看？如果妳不願意，我們可以想辦法。」

雲桑張口想說什麼，但如今不是以前了，她知道一切和阿珩無關，可阿珩畢竟是軒轅的王姬，她們之間有國恨族仇，很多話她不能再告訴阿珩。雲桑微笑著說：「青陽的正妃很有可能會母儀天下，天下有幾個女子能拒絕青陽的求婚？」

「妳和諾奈……」

雲桑面色森寒，「我認識的諾奈早已經死了！如今的諾奈只是一個終日抱著酒罈子、沒有心的皮囊！」

阿珩不敢吭聲，諾奈終日酗酒，又四處尋找玉紅草一類令神智昏迷的藥草，長期服用下來，對藥成癮，如今已是個廢人。阿珩曾求少昊去勸勸諾奈，少昊帶她一起去見諾奈，可諾奈竟然先大罵少昊，後又跪在阿珩面前，痛哭流涕地求阿珩給他一些藥草，緩緩他的藥癮。

雲桑面色緩和了一點，「兩族聯姻，事關重大，好妹妹，妳幫我爭取點時間，讓我好好考慮一下。」

「好！」

后土駕馭坐騎化蛇尋來，看到雲桑，方鬆了口氣，「王姬突然消失，我和沐槿都擔心有什麼事。」

雲桑道：「我只是心中煩悶來找妭妹妹聊一聊。」

后土對阿珩行禮，眼神依舊是真摯的，態度卻疏離了很多。阿珩在他心中依舊是妭姐姐，可她也是侵略神農、殺死了榆罔的軒轅族王姬。后土不知道該如何面對她，只能把自己藏在客氣疏遠的殼子裡。

阿珩心下黯然，只能微笑著說：「將軍，請起。」同樣的客氣，同樣的疏遠。

雲桑召來九色鹿，「我們走了。」

阿珩依依不捨，卻不能出言挽留，榆罔的死亡讓她總是不敢正視雲桑的眼睛。她悲哀地明白她與雲桑之間已經再回不到以前的親密無間。

對於黃帝聯姻的提議，神農族遲遲沒有給軒轅族答覆，阿珩私下和雲桑聯繫，也沒有得到雲桑的回覆，看來神農族內部有變。昌意向黃帝上書請求再寬裕一些時間，卻不知道夷彭給黃帝的消息是什麼，黃帝十分不悅，寫信給阿珩如果再沒有結果，就讓夷彭負責處理此事。

黃帝為了逼澤州投降，下令切斷澤州水源，澤州城主卻依舊固守城池，絕不出城迎戰，只時不時放放冷箭，偷襲和暗殺層出不窮，搞得軒轅士兵晚上連覺都睡不安穩。黃帝動怒，下令如果澤州城再不投降，就開始全面攻城。

阿珩問烈陽：「讓你去澤州查探，情形如何？」

烈陽一副事不關己的樣子，「等著看攻城吧！澤州雖沒有阪城的地勢險要，但因為是神農都城的北門戶，城池設計非常堅固，易守難攻。」

昌意問：「難道不能令澤州城主投降？父王最擅長攻克人心，不戰而屈人之兵，他肯定有辦法。」

烈陽陰陰地一笑，「榆罔性子雖柔和，人卻不笨，很清楚澤州的重要性，澤州城主是蚩尤一手訓練提拔的人，真名不清楚，只聽說他善於控風，所以人稱風伯。」烈陽躍起，身輕如葉，坐在細細的樹梢頭，一邊蕩悠著枝條，一邊幸災樂禍地說：「蚩尤是個無賴，訓練出的一幫手下也都是無賴，打起仗來什麼下流無恥的手段都用，不過，迄今為止還沒聽說蚩尤的人投降過，一個都沒有！」

昌意啞然，又問：「那如果打起來，軒轅能很快取勝嗎？」

烈陽搖搖頭，笑嘻嘻地說：「風伯的實力不可低估！風伯半年前還結拜了一個兄弟，據說來自『四世家』中的赤水氏，一身控雨的本領出神入化，被叫做雨師，他還十分擅長鍛造兵器。風伯加雨師，軒轅即使打下澤州，也會死傷慘重。」

昌意無奈地看向阿珩，阿珩說：「神農族那邊肯定是夷彭在搗鬼，如果神農族同意聯姻，澤州的戰事自然可以暫時化解，如今的當務之急是查清楚夷彭究竟在搗什麼鬼，趁著夷彭這會在澤州，我去神農山查探一下。」

昌意立即說：「我去！妳如今……還是要仔細點身子。」

阿珩說：「那也好。」

昌意帶著下屬匆匆去了，阿珩抬頭看著烈陽，烈陽扭過了頭，裝什麼都沒看見。

阿珩溫言軟語地央求，「四哥身邊的人都是若水族的高手，不怕單打獨鬥，可這幫若水漢子心眼實，夷彭卻是個耍陰招的傢伙，還得你去盯著點。」

烈陽碧綠的眼珠子翻了翻，「妳什麼意思？在罵我是耍陰招的鳥嗎？」

阿珩陪著笑，頻頻作揖。烈陽狠狠瞪了她一眼，化作白鳥，飛走了。

阿珩走進屋內，剛坐下，一隻鸚鵡從窗戶飛入，落在阿珩面前，口吐人言，「要見蚩尤，到澤州來。」

阿珩猛地站起，一時間頭暈目眩。

鸚鵡傻傻地用爪子抓抓頭，又重複了一遍，「要見蚩尤，到澤州來。」

澤州關係著神農都城軹邑和神農山的安危，只要蚩尤還有一口氣在，他絕不會讓澤州城破，難道蚩尤如今真在澤州？

阿珩一咬牙，總是要去看個分明，叫上阿獙，飛向澤州。

快到澤州時，阿珩聽到了軒轅召喚士兵集結的號角，她臉色大變，竟然已經開始準備攻城！這究竟是父王的命令還是夷彭的擅作主張？

突然，阿珩聽到澤州城西北邊傳來熟悉的笛聲，是蚩尤所作的《天問》，在九黎的男兒中廣泛流傳。

笛音忽強忽弱，就好似一個受傷的人在勉力吹奏，阿珩聽了一會後，命阿獙順著笛音飛去。在笛音飄忽不定的指引下，阿珩一直往西北飛，飛過澤州城，飛過重重低矮的丘陵，終於，在一片潮濕的窪地中看到了一個紅衣男子，他披散著頭髮，站在沼澤中央，握笛而奏。

風從曠野颳來，發出嗚嗚的哭泣聲，男子黑髮飛揚，紅袍飛舞。聽到阿獙的叫聲，他抬起了頭，望向天空，溫柔地笑了，劍眉入鬢，容顏病態的蒼白，正是蚩尤。

阿珩走向了他，蚩尤伸出手，想要擁她入懷，阿珩卻厲聲問：「你究竟是誰？」

「蚩尤」笑起來，「竟然能一眼看破！妳和蚩尤肯定是世上最親密的情人，我究竟哪裡出了錯？」

阿珩抬起手，手掌隱隱發光，「蚩尤」笑道：「我勸妳還是不要亂動武的好，讓孩子多活一刻是一刻。」

阿珩臉色變了一變，「蚩尤」說：「這是我的孩子吧？」

阿珩一掌揮了過去，「蚩尤」急急閃避，卻仍是沒有完全躲開，衣袍被灼焦。

「據我所知軒轅王姬修的是木靈，這可不是木靈的法術，妳纏綿病榻的兩百年到底發生了什麼事？」

阿珩寒聲說：「我不願殺人，不過，這次我不能饒你了，你一身本事不弱，就是不該跟著夷彭。」

「蚩尤」嘖嘖而笑，「我本想憐香惜玉，奈何妳不領情，那我只能要妳命了。」他說著話，向天空彈起一個火球，火球在天上炸開，變成了無數條紅色的魚兒。

遠處的天際傳來轟隆隆的聲音，好似春雷一般響在天地間。一瞬後，就看到西北邊，有一條銀白的線像銀蛇一般扭動著飛過來。

阿珩愣了一愣，才反應過來，那是被截斷的濩澤河水，原來父王斷澤州的水源不僅僅是打擊士氣，還是為了攻城。

她忙叫阿獙，想要逃走。

「蚩尤」笑著說：「夷彭是個很小心謹慎的孩子，這可不只是濩澤河的水，還有沁河和丹河的全部水，不是水攻澤州，而是水淹澤州。」

阿珩的眼睛滿是驚恐，「你們瘋了！會遭天譴的！」

「蚩尤」大笑，阿獙馱著阿珩要飛走，「蚩尤」發出低沉的哼唱，擋在阿獙面前，阿獙竟然對他十分畏懼，不敢正面迎敵，幾次想從側面逃走都沒有成功。

阿珩不解，頻頻催促阿獙，阿獙感受到了死亡的迫近，體內的魔性被逼出，終於克服了天性的畏懼。

牠朝「蚩尤」一聲怒吼，「蚩尤」滿面驚訝，被牠逼退，阿獙搧動翅膀飛起。

「蚩尤」望著他們的身後，張開了雙臂，輕聲嘆息，「晚了！」

與天齊高的大水以雷霆之勢，轟隆一下就把阿獙和阿珩拍進了水裡，阿珩和阿獙被沖散。

水是生命之源，可當這生命之源化作了吞噬生命的怪物時，也是天地間最無可阻擋的力量。無論阿珩動用多少靈力都被無窮無盡的水吸收掉，連一絲縫隙都打不開。

阿珩身子緊緊蜷起，努力地保護著孩子。

可到處都是水，源源不絕，洶湧不斷，她分不清方向，幾次想分開水，卻被更多的水打回水底。她的力量越來越弱，只能把剩下的力量全部向腹部集中，保住孩子。

最危急關頭，一切都不再重要，眼前全是他的身影。

蚩尤，你究竟在哪裡？你答應過我要保護我，可你究竟在哪裡？

阿珩被水底的漩渦捲得神智暈眩，水流狠狠擊打在阿珩的腹部，阿珩感覺到了孩子不安地踢動。這是第一次胎動，本來應該充滿生的驚喜，可是現在阿珩只有對死亡的恐懼和悲傷。

我們的孩子，我們的孩子……蚩尤，你可是他的父親啊！難道你不是這個世間應該永遠保護他的人？

她咬著舌尖，用鮮血和疼痛維持著自己的清醒，讓殘存的靈力匯聚在腹部。

蚩尤，你究竟在哪裡？為什麼要讓我獨自承受一切？為什麼在我最需要你的時候，你永遠不在？

阿珩的氣息越來越微弱，孩子已經十二個月了，他已經有了直覺，似乎也感受到危機的來臨，正在拚命地踢她，想要她救他，可是她……她已經一絲力氣都沒有了，她的身體變得不像是她自己的，僵硬麻木，一動不能動，只能看著激流翻湧著打向她。

蚩尤……蚩尤……

阿珩心底漸漸絕望，眼前漸漸漆黑，耳邊卻似乎聽到了孩子的哭泣聲，眼淚一串又一串從眼角流出，落在冰冷無情的水中，沒有一絲痕跡。

蚩尤，我恨你！

第二十六章
山盟猶在，情緣難續

黃帝和炎帝的戰爭改變了整個大荒的命運，
青陽的死已經把阿珩和蚩尤隔絕在了天塹兩側，
大江可以船為渡，高山可以鳥為騎，
親人的屍骨，何以跨越？

在大荒的傳說中有五個聖地。日出之地湯谷、日落之地虞淵、萬水之眼歸墟、玉靈匯聚的玉山——這四個聖地雖然常人難得一見，不過即使凶險如虞淵也有人見過，但傳說中天地盡頭有兩個叫做北冥和南冥的地方，卻誰都沒有見過，只知道傳說中它們被叫作南北合一南北冥，沒有人知道為什麼明明一個在最南邊，一個在最北邊，卻說南北合一。

因為無人到過，大荒人幾乎已不相信北冥和南冥的存在，但有一種叫做鯤的神獸就來自北冥，牠本是魚身，卻生而就可化鳥，鳥身被叫做大鵬，傳說一振翅就有九萬里。鯤是不向龍稱臣的魚、不向鳳低頭的鳥，生於北冥，死歸南冥。

因為鯤的存在，人們才還記得天地間有一個叫做南北冥的聖地。

從大荒一直向北，會到達荒無人煙的北地，這裡千里冰封、萬里雪飄，不管走多久，依舊是冰雪，縱使神力最高強的神族也飛不出這樣無盡的冰雪。

在寒冷的盡頭，有一個渾然天成的大池，就是北冥。

逍遙把被五靈摧毀了身體、幾乎氣絕的蚩尤丟進北冥的水中。牠也不知道自己為什麼要這麼做，只是一種本能，遇到危險了，受傷了，就回家。

蚩尤的身體漂浮在北冥中，不死也不生，逍遙怎麼逗他，他都沒有知覺，逍遙也就不理會他了，自由自在地在北冥中遨遊。北冥太大了，連牠都從沒有到過盡頭，偶爾牠會好奇大荒的盡頭是風雪，風雪的盡頭是北冥，那麼北冥的盡頭是哪裡？也許只有到牠死的那天才能知道。

三百多個日日夜夜後，蚩尤突然睜開了眼睛，逍遙繞著他快樂地游著，蚩尤想碰牠，卻發現連動手指都困難。

他感覺自己在水裡，可這水又不像是水，更像是一種藍色的血液，洋溢著生命的澎湃力量。

蚩尤自證天道，雖沒有任何理論的功法，卻有一種與天地自然相融的悟性，所以他一邊放鬆身體，放棄「我」，與北冥相融，一邊笑問：「難道這就是傳說中的北冥？你出生的地方？」

逍遙甩了甩尾巴，一道水箭打在蚩尤臉上，似乎在不滿地抱怨，如果不是為了救你，我才不會帶你這個髒傢伙來家裡。

蚩尤呵呵而笑，笑著笑著，昏死前的記憶閃電般地回到了腦海裡。

榆罔死了！

黃帝殺死了榆罔！

他一怒之下殺死了黃帝！

阿珩她……她想必已經知道了消息，她可還好？

蚩尤無聲嘆息，閉上了眼睛，模糊碎裂的畫面在眼前斷斷續續地閃過。

他好像看到了兩個黃帝，好像聽到了阿珩的驚叫，在漫天華光中阿珩向著他飛來，臉上神情悲痛欲絕……究竟哪些是真，哪些是假？

蚩尤睜開了眼睛，掙扎要起來，逍遙不滿地用尾巴甩打他的臉。

蚩尤說：「我要回去。」

逍遙張開嘴，吐出了無數水泡，看似一碰就碎，卻把蚩尤的四肢牢牢固定在水面。蚩尤無論如何用力都掙不開水泡。他知道這是逍遙的地盤，逍遙在這裡是老大。

蚩尤武的行不通，只能來文的，「逍遙，如果我殺了黃帝，阿珩如今肯定很傷心，我必須去陪著她，如果我沒殺死黃帝，我的兄弟們肯定正在和黃帝打仗，我不能讓他們孤身作戰。」

逍遙在水裡一邊游，一邊吐著氣泡玩，壓根不理蚩尤。牠可不是阿獙那個傻子，總是被蚩尤哄得團團轉。

蚩尤說：「當年，我們歃血為盟時你也在場，他們不負我，我豈能負他們？你真以為你的幾個水泡就能攔住我？我就是爬也要爬回去！」逍遙扭著尾巴，索性朝遠處游去，牠從小被蚩尤嚇到大，早就軟硬不吃了。

「哦，對了！突然想起來我當時把你的爪子也抓來滴了兩滴血，你難道想做一隻背信棄義的北冥鯤？」

逍遙轉過身子，一雙魚眼瞪得老大，牠是看著好玩才湊熱鬧，不算！

蚩尤笑著點點頭，「不管！你滴血了，你喝了，就是真的！」

逍遙呼哧呼哧地吐出一串串水泡，默默地盤算著，盤算了一會，尾巴扭著。

蚩尤明白逍遙的意思是他的身體至少要再休息一段日子。

逍遙沉到水底，再不浮起。

蚩尤知道逍遙決心已定，只能抓緊時間把傷養好。

神思正要入定，他突然想起一事，問道：「逍遙，我到底昏迷了多久？」

過了好半晌，逍遙都沒回答，估計是算不清楚，對妖怪而言，時間沒有任何意義。

蚩尤只能換一種說話的方式，「你去大荒最北面的山上幫我摘一根桃枝回來。快點去，這很重要！」

逍遙全當是玩，破水而出，化作大鵬，須臾就消失不見，半晌後，牠叼著一根才結花苞的桃枝回來。

北邊天寒，桃花都開始抽出花苞了，那中原的桃花應該正在盛開，他竟然一睡就睡了一年。

蚩尤臉色凝重，對逍遙說：「逍遙，放開我，我要回去見阿珩。」

逍遙靜靜地瞪著他，你還要不要命？

「放開我！」

逍遙呼哧呼哧地瞪著他，仍然不動。

蚩尤也不再多言，咬破舌尖，逼出心頭血，不惜耗損壽命來換取力量，衝破了逍遙的束縛。逍遙氣得一邊撲搧翅膀，一邊衝蚩尤尖叫：我不帶你回去，你掙開了束縛也是枉然！

蚩尤搖搖晃晃地浮在水面上，一言不發地割開手腕，把逍遙剛才折來的桃枝浸潤在鮮血中，再把被鮮血染紅的桃枝編成一隻飛鳥，將舌尖最純的心頭精血噴到桃枝上，用百年的壽命把桃枝變作了一隻飛鳥。

逍遙停止了叫嚷，驚駭地看著蚩尤，牠忘記這個男人的不管不顧、任意狂為了。

蚩尤坐到飛鳥背上，對逍遙笑道：「我知道你的好意，不過，我和阿珩約好了桃花樹下，不見不散，今生我已經失約兩次，此世絕不會再有第三次。」

飛鳥載著蚩尤向南方飛去。

逍遙愣愣地看著，直到蚩尤的身影消失在天際，牠才突然反應過來，立即追上去。

蚩尤看到牠也不驚奇，只是微微一笑，躍到牠背上，「有勞！」

逍遙帶著蚩尤飛回中原。

遠遠地，就看到漫天漫地的大水，洶湧著奔向澤州，蚩尤神色凝重，忽而聽到熟悉的悲鳴聲，未等蚩尤發話，逍遙就循音而去。

阿獙明明不善於游泳，卻徘徊在水上，好似在尋找著什麼，一次又一次猛衝進水裡，憋不住時浮出來，哀鳴著深吸幾口氣，立即又奮不顧身地衝進水裡。

能讓阿獙這麼傷心，只有阿珩和烈陽，蚩尤心急如焚，「阿獙，阿珩在哪裡？」

阿獙愣愣看了他一瞬，似在鑑別他是誰，等確定後，咬著蚩尤的衣服，眼淚嘩嘩地掉。

水底的漩渦就像是一條巨蟒，牽扯著阿珩向最黑暗的深淵墜去。

阿珩緊護在腹前的雙手越來越無力，她已經再沒有一絲力氣，又一個更大的漩渦再次襲來。她絕望地哭泣，憤怒地祈求，卻沒有任何辦法，在一片黑暗中，只悲傷地感覺到要毀滅天地的力量把她壓向了生命的盡頭。

身體隨著漩渦飛速地旋轉，墜向水底，最後的生息漸漸地被恐怖的水流吞噬，她不怕死，可是孩子……蚩尤，蚩尤，蚩尤，你在哪裡？

蚩尤……蚩尤……

突然，一道紅色身影若閃電一般落入漩渦的中心，抱住了阿珩，黑白夾雜的長髮飛舞開，就像是兩道屏障，擋住了水流。巨浪滔天，令日月失色，可像惡魔一般肆虐的洪水竟然在蚩尤身前畏懼地止步，繞道而行。

已經來不及帶阿珩上去，蚩尤低頭吻住了阿珩，將新鮮的空氣渡入阿珩口內。

阿珩咳嗽了幾聲，緩緩睜開眼睛。

蚩尤面色青白，看著她微微而笑。阿獙站在魚身的逍遙背上，咧著嘴不停地笑，逍遙卻好像十分生氣，魚眼不停地翻。

四周仍舊是翻滾激蕩的洪水，可在他的懷抱內，卻風平浪靜、波瀾不起。

「我在做夢嗎？」

蚩尤額頭貼住她的臉，「不是。」

阿珩淚珠滾滾而落，虛弱地說：「我一直在叫你，一直在叫你，我以為你不會來了。」

蚩尤低聲說：「忘記了嗎？桃花樹下，不見不散，我說過永無第三次，怎麼會不來呢？」

阿珩又是笑，又是哭，「可惜不是在桃花樹下。」

蚩尤笑：「等我收拾了這洪水，就帶妳去看桃花。」蚩尤說著話，向水面升去。

阿珩雙手放在腹部，往蚩尤懷裡縮了縮，她所有的力氣都在剛才用盡了，全身上下每個毛孔都是疲憊，而此時是那麼安心，不管外面有多大的風浪，她都可以暫時躲在他懷裡。

應龍奉黃帝之命，切斷了澤州的水源——獲澤河。他以為這只是像以前一樣的一個攻城之計。當聽到進攻的號角，他和軒轅休將士兵集結到高地，準備向澤州發起進攻，夷彭卻命他們按兵不動。

應龍雖然覺得事情怪異，仍安靜地原地待命。

澤州城安靜地佇立在乾涸的獲澤河河道旁，從遠處看，能看到一閃一閃的光亮，那是鎧甲在太陽映照下的反光，只有這時才會意識到那裡戒備森嚴。

此時，澤州城的士兵都面色嚴肅，剛才吹響的號角意味著他們再不投降，軒轅族就要開始全力進攻。

風伯穿著一身簡單的緊身騎裝，外面披著一襲黑色的斗篷，他從列隊的士兵中走過，整個澤州城沒有一絲聲音，只有他的腳步聲。他走到城樓上，說道：「軒轅族的兵力是我們的五倍，你們若想離開，我很理解，可以現在就走。」

風伯等了一會，沒有一個人離開。

他笑著說：「兄弟們，那就讓我們死戰到底！為了蚩尤！」

「為了蚩尤！」

所有人發出震天動地的吼聲。

風伯一邊大聲叫著，一邊看向被陰影籠罩的角落：半明半暗的光影中，站著一個駝背的男子，臉上戴著一個銀色面具，發著森冷寒光，和佝僂的身子形成了一幅特異的畫面，讓人一見就心生嫌惡害怕，不願多看一眼。

這個駝背面具男子就是讓風伯敬重的雨師，他們齊心合力擊退了一次又一次軒轅的進攻，守護著神農。

風伯和雨師交換了一個眼神，都明白了對方決定死戰的信念。

風伯微笑著趴到城頭，望著軒轅族的士兵，不明白他們為什麼遲遲不發動進攻，難道他們不明白士氣只能一鼓作氣嗎？隨著時間的流逝，士氣會慢慢消失。

風伯看看乾涸的獲澤河道，又仔細看看軒轅族的方陣，覺得他們不可能放水攻城。如果放水，獲澤河水襲來時，首先要淹死軒轅族士兵。

幾聲脆響，天空中突然出現了無數條紅色的小魚，好似雲霞一般令天空變得繽紛，兩邊的士兵都好奇地抬頭望去。

應龍身為水族，感覺敏銳，看向了天際，神色大變，對站在最高處的夷彭厲聲嘶吼，「九殿下，您究竟想做什麼？」

夷彭笑而不答。應龍難以置信地明白了，在夷彭心中，應龍和他的軍隊屬於青陽，夷彭不但想要除去青陽，還要除去一切支持青陽的人。

風伯抬頭看了眼在天空游弋的「魚群」，隱隱聽到了些什麼，瞇著眼睛，盯著天際，剎那後，不敢相信的震驚，軒轅夷彭瘋了嗎？冒天下之大不韙，令生靈塗炭，還連自己的軍隊也要殺死？

他不確信地看向雨師，雨師簡單卻肯定地說：「夷彭瘋了！」聲音嘶啞，好似被煙火燒壞了嗓子。

雷聲轟隆隆，響徹大地，滔天洪水，肆虐而來，只看到一條銀白的線，看似在緩慢地前進，可整個天地都泛著噬人的水光。

走獸在哀嚎，飛禽在淒啼，洪水過處，一切生靈都在消失。

風伯嘆息，三河之水齊聚，近乎天劫，非人力所能扭轉，他並不畏懼死亡，可他想堂堂正正地死在戰場上，而不是死得這麼憋屈。

城樓上的士兵對風伯說：「你有御風之能，現在趕緊逃，洪水再快也追不上你。」

風伯看向雨師，笑著說：「你修的是水靈，洪水再大，若想自保都沒問題。」

雨師凝視著洪水，淡淡說：「澤州城破，神農山不保。軒轅的軍隊要想接近神農山，只能從我屍體上踏過。」

風伯拍了拍雨師的肩膀，對勸他逃走的士兵們說：「從第一天起，我就告訴過蚩尤，我對爭權奪利沒興趣，我只是喜歡和他一起並肩作戰的感覺，跟著他，就像是跟著世間最強暴的龍捲風，沒有任何約束，想往哪裡颳就往哪裡颳。你們見過風逃走嗎？不管碰到什麼，風只永遠向前吹！」

風伯大笑著，取下了披風，挑釁地望著越來越近的滔天巨浪。雨師也拿出了自己的神器雨壺，臉上的面具發著冰冷寒光。

他們身後，所有的士兵都拔出了自己的兵器，一群亡命之徒嘻嘻哈哈地詢問著彼此水性如何，相約待會比比誰的弄潮本事最大。

即使要葬身漫天洪水，也仍要在浪尖上戲戲潮！

軒轅族的士兵哭的哭、叫的叫，整個軍陣都亂了。

應龍的親隨勸應龍離開，應龍是龍身，水再大，他也能從容離去，可應龍只對所有下屬說：「你們趕緊逃吧，能逃幾個是幾個。」

親隨還想再勸，應龍揮揮手，走到最低處，把元神都提出，打算用全部靈力加生命去阻擋洪水。

他知道自己阻擋不住，但是，至少死而無愧。

夷彭和軒轅休帶著自己的軍隊站在最高處，軒轅休目有不忍，實在看不下去，扭頭看向了別處，夷彭卻一直含笑欣賞著滔天洪水漫漫而來。

漫天洪水，滔滔襲來，卻在應龍的靈力阻擋前，暫時停住。

可這是積蓄了一個月的三條大河的河水，應龍的靈力再高強，都有盡時，水卻源源不絕。

應龍被逼出了本體，一條青色的龍橫臥在洪水前。

洪水越聚越高，仍不能衝破應龍的阻擋。

在驚天力量的擠迫下，應龍的龍鱗中滲出血來，龍血漸漸染紅了鱗片，染紅了河床。

風伯站在城頭，擊節而嘆，「好漢子！我若能戰死在他手中，死而無憾！可恨！可恨！」

「可恨什麼？」風伯眼前一花，一個紅色的身影飛落在城樓上。

「蚩尤！」

「大哥！」

七嘴八舌的歡呼聲，所有人都喜笑顏開。

蚩尤趕忙對眾人做了個「噓」的手勢，可已是晚了，阿珩睜開了眼睛，一看周圍全是人，一雙雙眼睛賊亮賊亮地盯著她。她不禁臉色通紅，掙扎著下了地。

風伯重重打了蚩尤一拳，「這是嫂子嗎？」

蚩尤一手扶著阿珩，一手笑著回敬了風伯一拳，男兒心、兄弟情，縱別後天地變色，也一切盡在不言中。

風伯指指雨師，「赤松子，外號雨師，是你失蹤後，我結拜的兄弟，我兄弟就是你兄弟。」

男兒間的信任無須多言，一句話交代了一切。

雨師外貌雖然醜陋怪異，言談卻彬彬有禮，和蚩尤行禮問候。

風伯豎著拇指，指指遠處，笑嘻嘻地對蚩尤說：「別告訴我，你眼巴巴地趕來送死，不過你……」他打量著蚩尤的身子，搖搖頭，「好像就是來送死的。」

洪水的浪頭已經高得像一座山峰，隨著「山峰」的增高，應龍的力量越來越弱，洪水的浪頭在輕顫。

眾人都明白，只要浪頭打下，隨著整個「山峰」的傾倒，所有人會立即死無葬身之地。

「山峰」的抖動越來越劇烈。

蚩尤急速地說：「水不能堵，只能因勢誘導。這麼大的水不可能調自遠處，我一路過來時，看到獲澤河、沁河和丹河的河床都已乾涸，如今唯一的方法就是把洪水一分為三，讓它們從哪裡來就到哪裡去。這並不能消解水患，可至少能讓一些人活下來。風伯，你帶人負責獲澤河；雨師，你負責沁河；我來引導丹河。」

幾個靈力高的屬下盯著越變越高的水峰，面色如土，喃喃說：「這不可能做到，搞不好會和那條妖龍一樣，靈力枯竭後依舊葬身水底。」

蚩尤朗聲大笑，「若能輕易做到還有什麼意思？憑一己之力，明知不可為而為之，方是大丈夫本色！」

風伯把披風抖了幾抖，披到身上，笑對蚩尤說：「我沒問題，希望過一會仍能看到你小子，別把自己餵了魚。」

風伯面上插科打諢，心裡卻很擔憂蚩尤，可又明白其他人絕無能力面對這樣的洪水，這不僅是靈力的問題，還要膽識和魄力。

幾人正要分頭行動，大風襲來，只看狂風中，祝融、共工、后土依次而至。

共工人未到，宏亮的聲音已經傳來，斬釘截鐵地說：「我來引導丹河水。」除了善於操縱水靈的水神，大概再沒有人敢如此自負。

后土笑對蚩尤說：「雨師和風伯早有默契，讓雨師去幫風伯，我和祝融來引導沁河。為了以防軒轅趁亂攻城，澤州城就拜託大將軍守護了。」

蚩尤愣了一愣，朗笑著拱拱手，「多謝三位。」

祝融高傲地站在畢方鳥上，面帶嫌惡地說：「我不是幫你，我巴不得你趕緊死了！」

風伯哈哈大笑，對雨師叫：「走了！」話語聲中，眾人什麼都沒看見，只感覺兩道風從身畔嗖一聲颼過。

千百年來，神農族的四大高手一直各自為政，爭鬥不休，在滅城之禍前，蚩尤、祝融、后土、共工第一次同心協力。天下間有什麼能比看到自己民族的英雄齊心合力、慷慨應敵更激勵士氣？

自從榆罔死後，日漸消失的自豪感再次充盈了神農人的胸間，所有士兵發出震天動地的叫聲。

應龍的整條龍軀都已經被鮮血浸透，龍頭痛苦地昂起，無力地看著好似已經與天齊高的洪水。

往事一幕幕紛紛而來，在那個金色的小池塘中，一條虛弱醜陋的半龍半蛇怪物對所有的魚宣布，遲早有一天，我會變成一條令所有龍都尊敬的龍！

上千年的修行，無數次風雨交加中，雷電的焚燒中，用滅骨之痛漸漸褪去半個蛇身。

所有的壯志、夢想……

「嗚——」

悲傷的龍鳴聲中，應龍的龍頭無力地倒下，水鋒坍塌，發出驚天動地的轟鳴聲。

潑天大水卻沒有砸到應龍身上，一隻巨大的青魚擋在了牠上方，漫天青色的水光被牠的靈力逼得扭曲變形，原本凝聚在一起的水光變作了三道，向著三個方向而去。

青色的魚搖著尾巴和魚鰭引導著水緩慢落下。

轟轟——轟轟——

青色的大魚替應龍擋去最大一次衝擊後，急速游走。水從應龍的身軀上轟然流過，仍很可怕，可應龍畢竟是龍，即使重傷，這樣的水也再傷害不到牠。

應龍用水族的語言，無聲地道謝。青色的大魚卻理都不理牠，身體變小了一些，像陀螺一樣快速地旋轉，一邊旋轉一邊衝向前方，一道巨大的漩渦在牠身體周圍形成，捲動著水都跟著牠而走，遠離了澤州城。

應龍微笑著閉上眼睛，任由水浪帶著牠重傷的身軀流向大海。在牠的龍身前仍能趾高氣揚的魚大概只能是傳說中的北冥神鯤。這種萬年不見的傢伙都出現了，這場水患應該能化解。

因為祝融、共工、后土的刻意掩藏，夷彭沒有看到祝融、共工、后土他們，只是看到一條青色的大魚突然出現，原本要毀滅整個澤州城的洪水竟然被三股強大的靈力牽引著，向三個方向流去，最後湧入了三條河道，雖然沿途也摧毀了無數良田屋舍，令荒野大水彌漫，可就像是三條被馴服的惡龍，即使作惡，也只是小打小鬧。

夷彭很是震怒失望，應變卻非常迅速，立即命軒轅休帶兵進攻。神農族即使設法引開了水，可全部的神力都放在了引水上，澤州城的防守應該正薄弱。

當大軍趁亂襲到澤州城下時，他們突然看到城樓上端坐著一個紅袍男子。

「蚩尤，是蚩尤！」

軒轅族都知道蚩尤打仗時，不開戰則已，一旦開戰就會十分殘忍嗜殺，幾乎不留活口。甚至很多人說他紅袍的顏色格外耀眼奪目，是因為他喜歡用人的鮮血浸染自己的衣袍。聽說蚩尤死了時，軒轅的大將們都鬆了口氣，可現在突然看到蚩尤像鬼魅一般出現在城樓上，他們都傻了眼。

軒轅休驚慌地問夷彭，「不是說他已經死了嗎？怎麼會突然出現？如今怎麼辦？」

夷彭本來十分肯定此時的澤州城防守薄弱，可蚩尤在城頭臨風而立，一言不發、似笑非笑地望著他們，讓他猶疑不定。

進攻？不進攻？

蚩尤笑問：「你們到底打是不打？」

夷彭對軒轅休說：「不如先退三十里，五哥覺得呢？」

軒轅休忙道：「我也是這個想法。他們的糧草維持不了多久，遲早要投降，我們沒必要做無謂的犧牲。」

夷彭嘴角微挑，看著蚩尤，陰沉地一笑。

蚩尤看到軒轅族的士兵開始後退撤離，暗鬆了口氣。其實他此時連站立都困難，完全是咬著舌尖在強撐，就是一個最普通的神族將領都可以打倒他。

躲在暗處的阿珩終於放下了心，她舉目望去，澤州城外的荒野都是水，無數農田屋舍被摧毀。一場戰爭似乎不管怎麼打，從某個角度來說都是輸。

共工帶著神族士兵最先回來，果然不愧是水神，只有幾個輕傷。

一會後，祝融和后土也領著士兵回來，有兩個重傷，后土面色泛白，祝融十分狼狽，冠髮凌亂，衣袍上繡著的燙金五色火焰都被淤泥模糊，看來不管神族的靈力再高，和自然孕化的相剋之力爭鬥都不容易。

緊隨其後，風伯和雨師領著士兵說說笑笑地回來了，一群人因為靈力耗竭，走路都是歪歪扭扭，可神采飛揚、眉飛色舞，完全不像是剛從死地走了一圈的人。

大劫化解，人人都十分興奮，笑聲不絕於耳。

風伯挨著牆根，一屁股坐到地上，「總算可以休息一會了。我說，咱們要不要來點酒慶祝一下？」

「……」

剎那間，喜悅的氣氛蕩然無存。沒有一個人說話，回應他的只有沉默。

祝融連招呼都沒打一聲，就駕馭著畢方鳥離去了。

共工想說點什麼，又實不知道能說什麼，幾百年的爭鬥下來，他和蚩尤之間雖不如祝融和蚩尤的仇怨深，可也絕對不淺。他沉默地對蚩尤拱拱手，駕馭坐騎鰼鰼魚離開了。

風伯喃喃說：「當我什麼都沒說！」

后土笑對蚩尤、風伯和雨師客氣地說：「軒轅的軍隊還在我營帳外徘徊，我也告辭了，酒就下次喝吧。」化蛇載著后土消失在雲霄中。

一直微笑不語、站得筆挺的蚩尤突然噴出一口血，直直向後栽去，昏死在地上，風伯趕緊大叫巫醫。

巫醫查看了一下病情，神色慘變，哆嗦著說：「精氣全無，元神潰亂，只怕、只怕……要準備後事了。」

風伯呆住，魑魅魍魎一把抓住巫醫，掄拳要打，「你說什麼？」

躲在暗處的阿珩再顧不上迴避，快步而來，查探著蚩尤的身子。

阿珩說：「他重傷在身，沒有靜心休養，反倒強行耗損生命的精元，用壽命換取靈力，如今傷上加傷，很嚴重，再不及時救治，的確有生命之險。」

風伯忙問：「蚩尤的修煉方法和我們都不同，我也不敢亂送靈氣給他，有什麼辦法能幫上他嗎？」

阿珩想了想說：「你相信我嗎？如果相信，把蚩尤交給我，我會治好他。」

風伯不清楚阿珩的身分，但他從蚩尤的言行中也約略感覺得到蚩尤愛的女子大有問題，否則以蚩尤任情不羈的性子，何至於這麼多年一直苦苦壓抑？

風伯有些猶疑不定，一直沉默不語的雨師嘶啞著聲音說：「妳是蚩尤選擇的女人，我相信妳。」風伯看雨師和他點點頭，想到蚩尤現在危在旦夕，也立即說：「我相信妳。」

「那就把蚩尤交給我，等他再回來時，靈力會比現在更高！」阿珩抱起蚩尤，叫來阿獙和逍遙，對牠倆低聲說：「去九黎。」

九黎的山上都是怒放的紅色桃花，雲蒸霞蔚，肆意熱烈，比朝霞更絢爛，比晚霞更妖嬈。白色的祭臺佇立在桃花海中，古老滄桑，肅穆莊嚴。

桃花林內，微風拂面，落英繽紛，祭臺四周的獸骨風鈴叮叮噹噹，時弱時強、時斷時續地響著。阿珩抱著蚩尤，沿著白色的石階快步走上祭臺，把蚩尤放到祭臺中央。逍遙和阿獙自覺迴避到桃花林，去戲耍休憩。

天色黑沉，距離日出還有三個多時辰。

阿珩枕著蚩尤的胳膊，躺在他身畔，仔仔細細地看著他，手指輕輕地撫摸著他的臉頰，此時切切實實地感受著他的氣息，一年來的焦灼不安、擔憂掛慮才真正平復。

他們倆自從相見，一直沒有機會說話，沒見他之前，有很多話，見了他之後，反倒發現無話可說。

阿珩依偎在蚩尤懷裡，閉上眼睛，靜靜地睡著。

東邊的天空漸漸透出一線魚肚白，太陽就要升起了。

厚厚的雲積在天與地的交接處，太陽在努力掙扎著衝破一切阻礙，讓光明照到大地，使萬物得以生長。

阿珩坐了起來，專注地凝望著太陽，好似能感受到它的努力和掙扎，一點一點，一寸一寸，雲海翻騰起湧，波瀾壯闊，卻無法再束縛住光明。

太陽最後用力一躍，衝開了一切黑暗，整個天際光芒綻放。

阿珩絲毫不迴避刺眼的光芒，定定地看著太陽，手緊緊地握著蚩尤的手。也許黑暗之後仍是黑暗，可只要堅持，無數個黑暗的盡頭會不會有一線光明呢？

蚩尤緩緩睜開了眼睛，身周霞光瀲灩，繁花似錦，可這一切的美麗絢爛都比不上——她握著他的手，坐在他的身邊。

他喜悅地笑了，喃喃低語，「阿珩，我們又回家了。」

阿珩手指放在他唇上，搖搖頭，示意他別說話。她低頭凝視著他，沒有一句言語，眉梢眼角的情意卻將一切都說明了，絲絲縷縷，纏綿入骨。阿珩的靈力帶著太陽的力量緩緩流入蚩尤的身體，他的五臟六腑、四肢百骸都在舒展，眼睛漸漸閉上，他的神識沉入溫暖的黑暗，被厚厚地包裹起來，就好似化作了一顆種子，只等有一塊肥沃的土地，就可以再次發芽，茁壯成長。

蚩尤的傷勢穩定了，阿珩卻痛得身子直打哆嗦，她的兩隻胳膊連著肩膀都被灼傷，有的地方火紅，有的地方焦黑，好似被烈火焚燒過。

阿珩忍著疼痛抱起蚩尤，走進桃花林，逍遙落到她面前。

阿珩道：「蚩尤上次的傷非常重，若沒有一個比歸墟靈氣更充盈的地方鎖住他的靈體，他只怕已經煙消雲散，我想了半晌，也許只有傳說中的聖地北冥，是你救了他嗎？」

逍遙昂著頭，得意地叫了一聲。

「你與他之間，他肯定不會給你道謝，不過我要謝謝你。」阿珩把蚩尤交給逍遙，對逍遙行禮，「他為了來見我，透支了太多生命，若不趕緊調理，後患無窮，隨時有可能靈毀體崩。如今天下諸事紛爭，以他的性格，只怕不會靜心養傷，我強把他的靈識封閉住，麻煩你帶他去北冥，等他再次醒來時，身體就會真正康復，靈力也會因禍得福，更上一層。」

逍遙抓起蚩尤，展翅而起，飛向天際。阿獙歪頭看著高空，長長地嘶鳴著。

阿珩站在桃花樹下，仰頭目送著他們，直到再看不到他們的身影，她依舊痴痴而望。

半晌後，她一轉頭就看到阿獙圓溜溜的大眼睛盯著她，似乎在問，明年桃花盛開時，是不是就又能和蚩尤、逍遙一起玩了？

阿珩心酸難耐，眼淚沖到了眼眶，阿獙還不明白黃帝和炎帝的戰爭改變了整個大荒的命運，更不懂得青陽的死已經把她和蚩尤隔絕在了天塹兩側，大江可以船為渡，高山可以鳥為騎，親人的屍骨，何以跨越？

桃花紛紛揚揚地落著，拂在她的臉頰、肩頭，過往的一切栩栩如生地從她眼前掠過，去年的今日，她還興沖沖地布置著他們的家，憧憬著長相廝守。

沒想到，家仍在，緣已斷。

從此之後，年年桃花盛開時，他們卻永不會再相逢於桃花樹下。
阿珩淚落如雨，咬破食指，以血為墨，在桃樹幹上寫道：
「承恩殿上情難絕，桃花樹下諾空許，永訣別，毋相念。」

第二十七章 多情自古空餘恨

很久後，她才好像突然驚醒，
猛地轉身，痴痴看著窗戶，
看著那樹影婆娑，看著那月色闌珊，卻再無那個身影，
她眼中的淚水終於簌簌而落。

昌意等了一夜都不見阿珩，正急得六神無主，看到阿珩歸來。他心中一鬆，略帶責備地說：「跑到哪裡去了？一直在等妳。」

阿珩低頭未語，夷彭笑走過來，「對了，不知道四哥聽說沒有？蚩尤沒有死。」

昌意震驚地問阿珩，「真的？」

夷彭說：「昨日很多人都看到蚩尤站在澤州城頭，小妹昨日不是去澤州了嗎？難道沒見到蚩尤？」

昌意盯著阿珩，眼中滿是悲傷，一瞬後，一言不發地轉身就走。

阿珩盯了夷彭一眼，去追昌意。

「四哥，四哥……」

昌意面無表情，充耳不聞，直走進屋中，轉身就要關門，阿珩強推著門，擠了進去。昌意坐在案前，眼觀鼻，鼻觀心，彷彿入定。阿珩陪著笑，一會說東，一會說西，昌意都不吭聲。

「四哥，你說句話。」

昌意只是沉默，沒有一句責罵，阿珩卻覺得比利劍剜心更痛，從小到大，昌意對她百依百順，不管她做了什麼，闖了多大的禍，昌意都只是帶著幾分無奈，笑著說「誰叫妳是我妹妹呢」。

阿珩搖著昌意的手臂，含淚哀求，「四哥，你打我罵我都成，別不理我，如今我只有你一個哥哥了。」

昌意語聲哽咽，「我卻一個哥哥都沒有了，妳不要忘了大哥是怎麼死的！」

阿珩身子劇顫了一下，低聲說：「我不會忘記。」

「妳昨日夜裡到哪裡去了？」

阿珩神色哀傷，一言不發。

昌意一字一頓地說：「阿珩，我永不會原諒蚩尤！」

阿珩深埋著頭，「我知道，所以我已經和他說清楚，這是我最後一次見他。」

昌意怒氣漸去，心頭卻越發悲傷。他並不想逼迫小妹，可是他也真的無法接受小妹和殺死了大哥的蚩尤在一起。

半夏輕叩了叩窗，「王姬。」

阿珩打起精神，拉開窗戶，「什麼事？」

半夏附在阿珩耳畔低聲說了幾句，阿珩點點頭，回身對昌意說：「四哥，你帶著烈陽去找夷彭，幫我拖住他，我出去辦點事情。」

昌意看阿珩神色凝重，又知道半夏是大哥親手訓練的人，立即站起，「妳去吧，夷彭交給我和烈陽。」

阿珩跟著半夏出了驛館，行到密林中，一位素衣女子正躲在暗處等候，竟然是多日以來沒有一點消息的雲桑。

阿珩心細，看到雲桑雙手的手腕上有被勒過的紅痕，驚問道：「發生了什麼事情，誰膽大包天，竟然敢鎖縛妳？」

雲桑淡淡說：「夷彭想阻止青陽和我聯姻，后土恰好也想阻止，夷彭告訴后土只要能幽禁我十日，他就能讓黃帝改變主意，后土就把我鎖住。昨日趁著他急急忙忙地出去，我才趁機逃掉，後來聽說他是去幫蚩尤退水，這些年他和蚩尤為了兵權爭得十分狠，沒想到他竟然會不計前嫌地去救蚩尤，所幸他小事糊塗，大節倒是沒失。」

阿珩問道：「夷彭阻撓聯姻，是深恨我們，可后土為什麼要幫著夷彭？」

雲桑對軒轅水淹澤州心頭有恨，冷冷地譏諷：「妳是怕后土投靠夷彭，與妳為敵嗎？后土一直念著妳少時的相護之恩，又很討厭夷彭的陰毒，絕不會與夷彭為伍，這一次他們只是互相利用。」

「我、我……那后土他……」

「妳畢竟是軒轅族的王姬，這是我們神農族內的事，妳就不必多問了。」

阿珩心中湧起了悲傷，戰爭早已經將一切都撕碎，連她與雲桑也不能倖免。

雲桑看到阿珩的神情，想起舊日情分，心頭也湧起悲傷，可又不知道能說什麼，只能挑高興的事情講，緩和一下氣氛，「蚩尤還活著，恭喜妹妹。」

阿珩自然理解雲桑的心意，打起精神，笑了笑，「也恭喜姐姐。」

雲桑笑著點點頭，「沐槿還真是個小丫頭，聽說蚩尤還活著，立即跑去了澤州，卻沒見到蚩尤，氣鼓鼓地給我傳信說一個妖女帶走了重傷的蚩尤，要我給她增派人手，追查妖女。」雲桑嘆氣，「估計妳早有所覺，沐槿對蚩尤痴心一片，蚩尤卻絲毫不領情。她還不知道蚩尤和妳的事，如果日後有冒犯到妳的地方，我不怕妳怪罪她，反倒擔心蚩尤，妳讓蚩尤多多包涵。」

阿珩低聲說：「我和蚩尤沒有可能在一起，從此後，我是我，他是他。」

雲桑沉默了，這場戰爭把天下和他們的命運都改變了，一瞬後，她問：「蚩尤如今在哪裡？他的傷勢需要多久才能好？」

「我拜託逍遙帶他去了一個安全的地方養傷，以他的怪異功法，也許三五年就能全好。」

雲桑沉思了好久，說道：「妳立即召集神農諸侯齊聚紫金頂，我要當眾宣布同意嫁給青陽。」

「妳真考慮好了？」

「黃帝的大軍仍在澤州城外，如果換成妳，現在的情形難道能拒絕黃帝嗎？妳和我都明白，黃帝讓青陽娶我，不過是為了更容易收服神農各族，而我答應嫁給青陽，不過是換取一段暫時的和平，為蚩尤爭取時間。」

阿珩沉默了一瞬說：「我立即請四哥召集神農各諸侯。」

「告訴黃帝，我雖然答應了婚事，可我還要再為榆罔服喪幾年，請他尊重神農的禮節。」

「好！」

阿珩和雲桑到紫金頂時，看到昌意和神農的諸侯國主們已經都在了。

雲桑冷哼一聲，說道：「前段日子，這些人三請四請都請不到，如今軒轅一聲號令，他們就全到了。我們好不容易打了一次勝仗，他們反倒越發奴顏卑膝，生怕黃帝遷怒於他們。」

阿珩低著頭說：「我是高辛的王妃，這是軒轅和神農的事情，我就不進去了。」

雲桑點點頭，逕自走向大殿。

滿殿的人聞聲回頭，看到雲桑穿著一襲素裙，站在殿門口，風儀玉立，英邁出群。

他們被她容光所懾，不自禁地一個個都站了起來。

雲桑忽然就想起來小時候，她第一次闖進這個大殿時的情形。她指著擺放王座的玉台問父王：「為什麼侍衛不許我上去玩？」

父王說：「因為站到那裡的人要背負起天下所有人的喜怒哀樂，妳還太小，背不動。」

「那等我長大了，背得動時就可以站在那裡了嗎？」

父王輕彈了下她的鼻頭，微笑著說：「最好永遠不要有那一天。」……

雲桑神情肅穆，邁過高高的門檻，走進了大殿，蓮步輕移間，香曳輕綃，風動羅帶，滿室生香。

她從一個個呆杵著的男子身間走過，一直走到了玉台前，看著空蕩蕩的王座，卻好像看到父王就坐在王座上，微笑地凝視著她，直到今日，她才看明白了父王眼裡的沉痛。

她閉了閉眼睛，深吸口氣，抬腳走上玉台，微笑著盈盈轉身——

「王姬！」后土在殿外大叫，身影從半空飛躍而下，直撲殿門而來。

雲桑居高臨下地看著眾人，好似完全沒有聽到后土的叫聲，朗聲宣布，「我，神農雲桑願意嫁與軒轅青陽為妃。」

整個大殿的人手舞足蹈，發出歡天喜地的慶賀聲，淹沒了后土情真意切的叫聲。

一句話，就滄海桑田、芳華凋零。

后土的身子硬生生地停在了大殿中央，面如死灰，直勾勾地盯著雲桑，為什麼？為什麼妳不肯相信我能守住神農山？為什麼妳不肯相信我能保護神農百姓？為什麼妳不肯讓我給妳一份安寧？

雲桑微笑地看著他，眼神堅毅，我是神農的長王姬，這是我的責任！我有我該做的事情，你也有你該做的事情！

歡笑聲，恭喜聲，晃動的人影，殿宇金碧輝煌，明珠光華奕奕……

后土艱難地轉身，拖著僵硬的身子，一步一步穿過喧鬧的人群，走出了殿堂。

他的坐騎化蛇就等在一旁，他卻視而不見，只是沿著臺階，邁著僵硬的步子，向山下走去。隨著蜿蜒而下的臺階，他的身影一點點變矮，一點點變小，漸漸消失。

雲桑站在高高的玉階上，凝望著殿外，面帶微笑，背脊挺得筆直。

昌意和阿珩回到軒轅城後，聞訊趕來道喜的朝臣擠得水洩不通。昌意與他們一一寒暄，大家簇擁著昌意邊笑邊走，十分熱鬧，夷彭的身影則顯得孤零零，不遠不近地輟在後面。

因為澤州大水的事情，黃帝不悅，眾人也都忙著疏遠夷彭。就在前段日子，因為夷彭戰功顯赫，黃帝頻頻嘉獎，朝臣們還都是事事以他為重，不過轉瞬，一切榮耀都好似成了過去。

阿珩悄悄地觀察著他，夷彭很快就察覺，看向阿珩，冷冷一笑，眼中盡是譏嘲不屑。

阿珩心中發寒，她和夷彭都知道，黃帝看似嚴厲地斥責了夷彭，可其實並沒有什麼實際傷害到夷彭的處罰，一切還只是開始！

黃帝重重嘉獎了昌意。等一切禮節完畢，殿內只剩下他們一家時，黃帝對阿珩說：「本想讓妳再陪陪妳母后，可妳已經住了一年，少昊派使臣來接妳回去，我也不好強留。再者，青陽還在歸墟閉關療傷，妳早點回高辛，對他也有個照應。」

阿珩向黃帝磕頭辭行，「是該回去了，這次住這麼久，少昊已經是特意破例。」

黃帝把阿珩扶起，溫和地說：「妳和少昊也是磨難重重，成婚不久就出了虞淵的事情，妳才剛好，青陽又出了事，如今總算一切都太平了，妳也應該好好陪陪少昊，早點生個孩子，要不然我想幫妳爭取后位，都力不從心。」

阿珩溫順地說：「父王說的是。」

黃帝嘆道：「妳這丫頭如今也是越來越不老實了，我知道妳心裡在想什麼，妳以為我是衝著高辛王位去的。我是精通權謀的一國之君，可珩兒，我也是妳的父親，我這也是為了妳好。」黃帝輕撫了下阿珩的頭，「五神山上還住著另一個俊帝，少昊的王位坐得並不穩當，他必須尋求高辛國內各族的支持，納妃是最簡單有效的方法，妳不會是他唯一的女人，真有什麼事情，父王也是鞭長莫及，只有孩子才會給妳長久的依靠。」

阿珩默不作聲，唇角緊抿，透著倔強。黃帝凝視著她，突然之間覺得很是疲憊，揮揮手說：「妳趕緊去朝雲峰吧，再陪陪妳母親，讓她……」黃帝沉默著，遲遲沒有把話說完，他自己並未覺得時間長，阿珩卻抬起頭，奇怪地看著他，黃帝回過神來，說道：「勸她愛惜一些自己的身子。」

「是！」阿珩俯身磕頭，安靜地退出了大殿。

第二日清晨，阿珩辭別母親和哥哥，返回高辛。

到五神山的承恩宮時已是日暮時分，來迎接她的宮侍稟奏，「陛下還在議事，讓王妃先行用膳，不必等他。」

阿珩點點頭，直接回了寢宮。

一路行來，雕梁畫棟櫛次鱗比，亭臺樓閣參差錯落，古柏虬柯幽森繁茂，奇花異草馥鬱芬芳，更有竹徑荷渠通入另一洞天，承恩宮是阿珩見過最美的宮殿，世人都下意識地認為住在這座宮殿的人會生活奢華有趣，可阿珩懷疑少昊壓根不知道這座宮殿內究竟有些什麼，他的生活只是在寢宮和正殿交替。

阿珩用過飯，梳洗過後，少昊依舊沒有回來，她一個人待著無聊，就乘著月色還好，去外面隨便走走。

也未辨路，她不知不覺中就走到了一處熟悉的園子——漪清園，這是俊帝最喜歡的園子。大概因為少昊從來不來，也沒有妃嬪前來遊玩，宮人們有些偷懶，草木長得過於茂盛，連小徑都覆蓋了。

阿珩沿著蜿蜒曲折的河水慢步而行，月夜下，河岸對面的竹林鬱鬱蔥蔥。微風襲來，竹枝搖曳，姿影婆娑，阿珩不禁想，那個曾在河畔枕著青石讀書的翩翩公子在做什麼？如果他還住在這個宮殿裡，在這樣的夜晚，一定會攜一管洞簫，踏著月色，行吟於水邊竹下。

「在想什麼？從我走進這個園子就看妳站在這裡發呆。」少昊一身白衫，踏著月色而來，恰停在河岸邊的青石旁。他身後是隨風輕動的婆娑竹影，綠竹猗猗，層層如簀，襯得他風姿清雅，與那人十分相似。

阿珩無聲地嘆了口氣，沒有回答少昊的問題。

寂靜的夜色中，流水潺潺，竹林簀簀，交雜一起，猶如一首樂曲。

少昊低頭看著溪水中隨波而動的月影，眼神有些恍惚，「忽然發現我已經很久沒有靜下心來聽一聽流水的聲音。」

阿珩側身坐到岸邊的青石上，「關於神農和軒轅聯姻，我沒有徵求你的意見就擅做了決定。」

少昊道：「妳做的很對。黃帝想要收服神農，必須剛柔並濟，聯姻勢在必行，不是青陽，就是夷彭，不是生，就是死，既然只有一條路可走，那我們就只能走了。」

阿珩說：「父王說你現在的處境很艱難，最好透過冊封妃嬪，分化、拉攏各個家族，你可有心儀的女子？」

少昊盯了眼阿珩，眼眸低垂，淡淡道：「身為帝王，不要再妄談私情。我父王一生溫柔多情，任憑常曦氏姐妹把持後宮，連朝堂上也被後宮影響。黃帝一世英明，偏偏在處理彤魚氏和妳母后的事情上優柔寡斷，以致後宮之爭差點變成天下之禍。有這麼多的前車之鑒，我哪裡還敢對女子動情？」

阿珩看著少昊，他口口聲聲說著不要妄談私情，卻從登基到現在不顧帝位不穩，就是不肯納妃，並不是只有溫柔多情才是妄動私情，有時候，冷漠也是一種私情。

「還記得我們之前的約定嗎？我幫你登上王位，你幫助我離開，如今的情形，我不可能離開了，能不能換個條件？」

少昊心頭一跳，穩了穩心神，才問道：「什麼條件？」

阿珩說：「我有身孕了。」

少昊沉默著，看不出他內心的變化。

阿珩說：「我知道要求你把孩子視若己出很強人所難，我只是想請你給他你的姓氏，讓他能平平安安地長大，我會寫下血書，說明他的身世，保證他絕不會染指帝位……」

少昊截道：「他就是與我骨血相連的孩子，我說了『從今而後，我就是青陽』。」

阿珩眼內淚花滾滾，朝少昊下跪，「謝謝。」卻身子發軟，直往地上滑去，少昊忙抱住了她，探她的脈息，吃驚地問：「妳的脈象怎麼這麼亂？我這就傳召醫師。」

阿珩勉強地笑了笑，「別忘記我是誰的徒弟，我的身體我自己知道，我只是吃了些藥……」她附在少昊耳邊，輕聲說了幾句話。

少昊立即問：「會有生命危險嗎？」

阿珩笑，「哪個女人生孩子不是冒著生命危險？不會有事的，你不必操心這個，你只要陪我演好戲就成。」

少昊抱起她，送她回到寢宮，親眼看著侍女安頓她歇息下後，他剛要轉身離去，阿珩抓住他的衣袖，拿眼瞅著他。

他反應過來，對一旁候著的侍女們吩咐：「今日我就歇在這邊了。」

侍女們相視一眼，服侍少昊寬衣洗漱後，笑著退了出去。

黑暗中，阿珩和少昊並肩躺在榻上，各懷心事。

阿珩白日裡吃的藥藥性發作，雖然疲憊，可總是睡不著。

少昊翻了個身，側身躺著，把手放到阿珩的額頭，水靈特有的柔和力量徐徐進入阿珩體內，阿珩頓時覺得煩躁的心安寧了許多，睡意也湧了上來。

「謝謝。」

少昊問：「蚩尤知道孩子的事情嗎？」

阿珩已經快要睡著，迷迷糊糊地說：「不知道。」

「那妳打算告訴他嗎？」

沒有聲音，阿珩已經沉沉睡著，少昊的手仍在她額頭放著，好一會後，他才縮回了手。

少昊輕輕翻了個身，背對阿珩躺著。

窗外的月光想是十分皎潔，隔著松綠的窗屜子，依舊若水銀一般流瀉進來，映得地上泛著一層幽暗不明的熒熒綠光。窗外的蔥蘢樹影隨風輕動，地上的光如水波一般時明時暗地蕩漾起來。

他想起了他們成婚後，第一次開誠布公，定下盟約時，也是一個月色皎潔的夜晚，那一夜，他也是一夜無眠。

如果時光能倒流，再給他一次選擇的機會，他的選擇會是什麼？

「是王子妃，還是你的妻子？」

「妻子就是一生一世的唯一。」

阿珩清脆嬌俏的聲音似乎仍響在耳畔，可是他已經不能再回答一遍。

因為雲桑答應了青陽的求婚，黃帝停止了進攻神農，軒轅和神農的戰爭暫時中止。少昊利用這個時機，開始大刀闊斧地改革。

在看似和平的背後，一場更大的風雲正在悄悄醞釀，可眼下畢竟是難得的安寧。

六個月後，阿珩接到昌意的信，昌僕有了身孕。昌意在信中喜悅地說，自從知道昌僕有了身孕，母親精神與身體好了許多，又是養蠶又是織布，忙著給小孩做各種衣服。

阿珩捧著信微笑。

又過了六個月，少昊對百官宣布阿珩有了身孕，消息傳到軒轅國，黃帝立即派使者帶著各種貴重的藥草來看望阿珩，隨使者而來的還有一個巫醫。

巫醫請求少昊允許他為阿珩診看一下身體，少昊還沒有說什麼，高辛的宮廷醫師不高興起來，覺得巫醫在質疑他們的能力，是羞辱整個高辛的醫術。

使者忙陪著笑說：「實在是黃帝和王后娘娘掛念女兒，巫醫只是看看王妃，方便回去和黃帝、娘娘稟告，讓黃帝和娘娘放心。」

宮廷醫師還想譏嘲，少昊笑著調解：「轉述你們的診斷總是隔著一層，就讓巫醫親自看一看，方便一清二楚地回覆黃帝詢問，王妃離家萬里，讓父母少擔憂也算是盡孝。」

宮廷醫師氣鼓鼓地不再說話。

巫醫第一次把完脈息，神情困惑，眉梢眼角都是不安，坐於一旁的少昊忙問道：「怎麼了？」

巫醫擦著額頭的汗，結結巴巴地說：「沒、沒什麼，只是還需要再看一次。」

幾個宮廷醫師輕蔑地笑著。巫醫在眾目睽睽下，又仔細診斷了一遍，良久後，他不得不承認他的診斷結果和高辛宮廷醫師的診斷結果一致，阿珩已有身孕六個月，大人小孩都很健康，只血氣略微不足，並無大礙，仔細調養就可。

明明是個好消息，巫醫卻難掩失望，強打著精神應付完少昊的問話，匆匆告退。

兩年多後，昌僕順利誕下一個男孩，黃帝賜名顓頊[1]。

黃帝再次派使者來高辛，看望阿珩，這一次使者帶來了兩個懂得醫術的老嬤嬤，說是奉黃帝之命，來照顧阿珩。阿珩知道又是夷彭在暗中搗鬼，不過正好藉著他證明一切，所以大大方方地由著兩個嬤嬤跟進跟出。

第二年的四月，在一堆醫師的照顧下，阿珩分娩，生下孩子。

孩子十分健康，阿珩卻在生產過程中九死一生。如果不是有少昊靈力結成的陣法和歸墟水玉護住阿珩的心神，阿珩只怕都熬不到孩子生下來。兩個嬤嬤生怕承擔責任，被嚇得碰都不敢碰阿珩，只在旁邊傻站著，親眼看到孩子出生後，立即逃出了寢宮。

少昊聽到孩子的哭音，匆匆跑進來。

阿珩全身都被汗水浸透，神志不清，少昊握著她的手，把靈力送入她體內。

阿珩恢復了幾分意識，喃喃說：「孩子，孩子！」

少昊立即高聲叫侍女，侍女忙把剛洗乾淨身子的孩子抱到少昊身前，喜孜孜地說：「恭喜陛下，是個王姬。」

少昊把孩子抱在了懷裡，說也奇怪，本來正在哭泣的孩子竟然立即安靜了，烏溜溜的黑眼珠盯著少昊，粉嘟嘟的小嘴一咧竟然笑了。少昊笑把孩子抱給阿珩看，「是個女孩。」

阿珩強撐著睜開眼睛，細細看著孩子五官，她拿出駐顏花，咬破中指，把鮮血塗抹在花朵上，駐顏花變作了一朵小指甲蓋般大小的桃花，因為沾染了阿珩的鮮血越發嬌豔晶瑩，好似剛從枝頭摘下一般。

少昊著急地說：「妳想做什麼？妳已經耗損了太多靈氣，不要再……」

阿珩把指甲蓋般大小的桃花放在孩子的眉心，整朵桃花變得如烙鐵一般通紅，孩子被燙得大哭起來。

阿珩用中指壓著桃花，把花朵往裡推，孩子痛得臉色青紫，哭得聲嘶力竭。阿珩滿臉又是淚又是汗，身子搖搖欲墜，卻仍咬著牙，強撐著一口氣，把駐顏花緩緩推入了孩子的額頭中。

「給我一滴你的心頭血，幫我封印住、封印住……」阿珩身子一軟，暈厥了過去。

少昊忙一手握住阿珩的手，把靈力送入阿珩體內，一邊咬破左手中指，把最精純的心頭血逼

1. 顓，音同「專」；頊，音同「序」。

出，滴在孩子額頭上的桃花形傷口中，桃花印痕開始快速癒合，孩子已經痛得哭不出來，只是張著小嘴，嘶嘶地吸氣。

少昊把仍帶著血的中指放入孩子嘴裡，孩子自發地吮吸著。他餵了她一滴心頭血，孩子的臉色才慢慢恢復，她的小手握著少昊的手指，眉眼彎彎，又在笑。額頭上的傷口已經全部長好，看上去只是一個桃花形狀的淺淺胎記。

少昊逗著孩子，低聲說：「希望妳一輩子都像現在一樣笑顏常開，這樣才不辜負妳母親用性命來護妳平安。」

對神族而言，產子是極耗費靈力的事情，靈力稍低的女子幾乎要用命換命，這也就是為什麼神族壽命雖長，人口卻一直稀少。阿珩用藥物強迫孩子留於體內，遲遲不生，逆天而行，對身體傷害非常大，幸虧她精通藥理，少昊又靈力高強，在一旁護持，她才躲過死劫。

雖然保住了性命，可自從生產後，阿珩身子遭受重創，一直昏迷不醒。少昊每日夜裡都會把阿珩帶到湯谷，用湯谷的水浸泡她的身體。不管再忙，少昊都親力親為地照顧阿珩，從不假手他人，只有侍女半夏幫著擦個身體、或者換換衣衫。

少昊給孩子起名小夭，小夭一出生，母親就昏迷不醒，少昊對女兒關懷備至，日日帶在身邊，以致宮廷內外都知道少昊心疼長王姬。一年多後，小夭已經開始呀呀學語，阿珩才漸漸甦醒。

少昊進寢殿時，阿珩正靠躺在榻上逗著小夭玩。

小夭手中握著一個銀鈴在玩耍，一看到少昊，就笑了，張開雙臂要抱抱，手舞足蹈地揮舞著藕節般的白嫩手臂，發出叮叮噹噹的清脆聲音。少昊抱起她，她摟著少昊脖子，咯咯地笑著，笑聲悅耳，令人忘憂。

少昊也不禁滿面笑意，對阿珩說：「當日妳昏迷不醒，宗伯來問孩子的名字，我忽然想起我還是個打鐵匠時，曾聽當地人唱過的民歌，別的歌詞都忘記了，就記得最開始一句『桃之夭夭，灼灼其華』，隨口給孩子取了個小名，喚做小夭。宗伯來催問了好幾次孩子的大名，妳若精神好，就想一個吧。」

阿珩一邊逗著小夭，一邊思索，過了一會說道：「叫玖瑤吧！」

少昊問：「九夭？九黎的九，桃之夭夭的夭？」

「不是，是這兩個字。」阿珩在榻上一筆一畫寫給少昊看：玖瑤。

玖瑤三歲時，少昊昭告天下，冊封玖瑤為長王姬，享食邑四百。雖然是個女孩，但因為是高辛國君的第一個孩子，慶典十分盛大，一連慶祝三日。

第一日，舉行祭祀天地的儀式，為玖瑤祈福。

第二日，承恩宮內舉行王室家宴，高辛族內百人雲集，滿堂觥籌交錯，歡聲笑語不絕於耳。中容提著酒壺，踉踉蹌蹌地走到少昊面前，當著眾人的面，藉著酒意裝瘋賣傻地說：「玖瑤是長女，可直到現在，父王都沒有見過她。朝中私下裡傳聞父王並非自願搬到琪園，這幾年，我們兄弟都沒有見過父王，今日這麼重要的場合，父王也未出席，難道真有什麼見不得人的事情？」

大殿內霎時安靜下來，膽小的嚇得頭都不敢抬，而少昊的二十幾個弟弟全都虎視眈眈地盯著他。

阿珩被驚得駭住，她實沒想到少昊和其他兄弟之間的矛盾已經如此激烈，中容竟然不惜當眾撕破臉，以下犯上，不過他此舉也算毒辣異常。高辛王族今日皆在此，如果少昊一個應對不當，落實了逼宮退位、幽禁父王的罪名，只怕即使他靠著兵力強霸住王位，也會眾叛親離，人心全散。

少昊面不改色，笑道：「父王是因病避居琪園，不見你們只是為了清心休養，誰和你說父王今日不會來？只不過因為身體虛弱，來得晚一些而已，你若不信，待會可以當面詢問父王。」

少昊說著話，幾位宮侍抬著一方軟榻進來，前代俊帝靠坐於軟榻上。

大殿內的人全都激動地站了起來，中容他們更是神情激昂，眼中含淚。

宮侍把軟榻放到少昊旁邊，眾人全部跪倒，卻實不知道該稱呼什麼，只能磕了三個頭。

俊帝微笑著對眾人抬了抬手，「都起來吧！」言談舉止依舊是當年的翩翩公子，只是滿頭白髮，容顏蒼老。

中容跪爬到俊帝榻前，聲音哽咽，「父王，二哥和母后都被幽禁於五神山下，這真的是您的旨意嗎？」

「是我下的旨意，宴龍背著我替換宮內侍衛，意圖監視我的起居，罪大惡極。」

中容泣道：「二哥對父王絕無不良企圖，他只是太害怕……」中容瞟了眼少昊，把剩下的話吞了回去。俊帝說：「你下去吧，今日是大喜的日子，不要談這些不高興的事情。」

中容不肯走，兩個侍衛來拖中容，中容緊緊抓住俊帝的衣袍，「父王，你真的是因病遜位給少昊嗎？你告訴大家，今日我們所有兄弟都在這裡！」

他這句直白卻犀利的問話令整個大殿鴉雀無聲，落針可聞。阿珩緊張得全身僵硬，只要一句話，少昊就會成為千古罪人，所做的一切都會付之流水。

俊帝厲聲說：「到底誰在背後不安好心地中傷我們父子關係？當日不但宮廷醫師會診過，你們也都各自舉薦了民間的知名醫者來為我看過病，我實在難以處理國事，才遜位少昊，難道你們覺得自己比少昊更有才華？」

俊帝的視線從二十多個兒子的臉上一一掃過，他們一個個都跪了下來。

中容大吼，「我不信！父王，這裡面一定有蹊蹺，您親口對母后說過你想把王位傳給……」

少昊盯了一眼侍衛，侍衛立即用力把中容向宮殿外拖去，中容的手猶自緊拽著俊帝的衣袍不放，卻硬是被幾個侍衛用蠻力把他扯開，拖出了大殿。

中容的哭嚷聲從殿外仍隱隱約約地傳來，殿內的人屏息靜氣，一聲不吭。

阿珩見氣氛緊張，低聲吩咐半夏，「快去把玖瑤抱出來。」

侍女把玖瑤抱到俊帝面前，玖瑤正沉沉酣睡，俊帝低頭看了半晌，手指輕輕滑過孩子的臉，眼中很是憐愛，眾人都討好地說：「長得很像爺爺呢！」

俊帝抬頭對少昊說：「好似昨日宮女才把你抱到我身前，恭喜我得了個兒子，都說長得像我，那麼一點點大，惹人心疼憐愛，我歡喜得不知道該如何是好，連抱著你都怕傷到你，可竟然……已經這麼久了，全都變了！」

所有人都笑起來，只有阿珩笑不出。

俊帝神色倦怠，揮揮手讓侍女把孩子抱下去，對宮人吩咐：「我累了，回琪園。」

眾人忙跪下恭送。

少昊牽著阿珩的手送到了殿外，阿珩盯著少昊，難怪他一意孤行、不惜鋪張浪費地要為小夭歡慶生日，這大概才是他為孩子舉辦盛大慶典的真正用意。

第三日，天下百姓同慶，他們會點燃自己親手做的花燈，把燈放入河流，祝福高辛的大王姬健康平安地長大，也祈禱她為高辛帶來幸福安寧。

阿珩親手做了一個蓮花燈，把為女兒祈求平安如意的心願全部融入了蓮花燈中。

夜色降臨時，少昊和阿珩走到城樓上，城下已經聚集了無數百姓，都等著看王妃為王姬做的燈。

少昊微笑著說：「今日我和你們一樣，只是一個希望女兒平安長大的父親，謝謝你們來為我的女兒一同祈福。」

高辛百姓高聲歡呼。

阿珩將冰綃做的花燈放在手掌上，少昊將花燈點燃，隨著燈光越變越亮，就好似一朵藍色的蓮花在阿珩掌間盈盈綻放，映照著一對璧人，令人幾覺不是世間。

少昊彎身抱起了小夭，往城樓邊走去，阿珩小心翼翼地捧著蓮花燈，走在他身側。

蚩尤站在人群中，仰頭望著城樓。

漆黑的夜色中，從城樓下望上去，看不清楚他們一家三口的樣子，只看見一朵藍色的蓮花盛放在半空，朦朧的藍光中，他們的身影穿行過雕梁畫棟，男子丰神玉朗，女子溫柔婉約，再加上一個在父親懷裡不安分地動著的小影子，顯得十分美麗溫馨。

高辛的百姓都目不轉睛地看著他們，直到藍光漸漸遠去，他們一家三口消失在玉宇瓊樓中，他們才依依不捨地散開。

蚩尤卻依舊站立未動，似不相信剛才看見的一幕。可是，剛才少昊點燃燈的一瞬，在剎那的明亮中，他清楚地看到了阿珩眼角眉梢的溫柔深情。

蚩尤昨日才甦醒，醒來時，他躺在北冥水中，仰望著碧藍的天空，只覺神清氣爽，四肢百骸蘊滿力量，他竟然因禍得福，神力大進。他不知道自己沉睡了多久，但是他清楚地記得在他沉睡前，阿珩緊握著他的手，溫柔地凝視著他。

蚩尤忍不住地大笑，躍到逍遙背上，對逍遙近乎炫耀地說：「我要回家了！你家雖大，可只有你一個，我家雖小，可有阿珩！」

一路疾馳，天高地闊，山水帶笑。

當看到九黎山上漫天漫地的桃花時，他覺得眼熱心燙，竟然都等不及逍遙落地，直接飛躍而下，衝入桃林。

「阿珩，阿珩！我回來了！我回家了！」

竹樓冷清清，碧螺簾子斷裂得參差不齊，天青紗上都是鳥兒的糞便，菜園裡荒草蔓生，若不是還有青石壘起的埂，壓根看不出是個菜園。竹籬笆疏於打理，已經倒塌了一大半，紅色的薔薇花長得亂七八糟，連門前的路都堵死了。

只有簷下的風鈴，還在叮噹叮噹，哀淒荒涼。

蚩尤怔怔看著他的「家」，心神慌亂，他究竟沉睡了多久？阿珩出事了嗎？

他飛奔向桃花樹，滿樹桃花，朵朵盛開，可桃花樹下空無一人，只有一行血紅的字跡：

「承恩殿上情難絕，桃花樹下諾空許，永訣別，毋相念。」

承恩殿就是少昊所居的宮殿，天下最華美的宮殿。

「我不信！」蚩尤一掌揮出，桃花樹連根而起，他躍上逍遙，趕往高辛。

一路而來，到處都是張燈結綵，歡聲笑語，人人都議論著少昊為女兒舉行盛大的生辰慶典。

蚩尤高興地鬆了口氣，少昊已經又納妃了，抓著個人問：「少昊娶的是哪族女子？」

「軒轅族啊！」對方的眼神奇怪，如看白痴。

蚩尤的心一沉，「又娶了一個軒轅族的女子？」難道阿珩出了意外……他不敢再想。

對方笑了，「天下皆知，少昊只有一妃，軒轅族的王姬啊！長王姬是他們的女兒！」

蚩尤猶如被天打雷劈，耳朵嗡嗡直響。

不管有多少事實擺在他面前，他都不相信，阿珩親手布置了九黎的竹樓，親口告訴他，這是他們的家。可是，在城樓下，他親眼看到少昊和阿珩抱著女兒，笑著接受所有百姓的歡呼祝福，他們一家三口正大光明的溫馨刺痛了他的雙眼，他第一次意識到，有些東西是他永遠給不了阿珩的。

難道這就是阿珩背棄他的原因？

高辛多水，城樓依水而建，北面就是一條寬闊的河，少昊和阿珩帶著小夭沿著臺階，走到水岸邊。

少昊把小夭放到地上，又怕她會掉到水裡，雙手仍扶著她，阿珩蹲在臺階上，把藍色蓮花燈放到了水面上。

少昊對阿珩說：「許個願。」

阿珩閉著眼睛，虔誠地祈求女兒一生平安，她睜開眼睛，「許好了。」

少昊指著花燈，對小夭說：「和爹爹一起用力推，把燈放出去，好不好？」

小夭十分喜歡花燈亮晶晶的樣子，不肯推走，反倒小手不停地去抓燈。

少昊笑著抓她的手，也不是真抓，只是一擋一擋地逗著她玩，不讓她被火燙著，小夭興奮得尖叫，咯咯直笑。阿珩也不禁笑起來。

少昊看小夭玩累了，才握住她的小手去推燈，哄著她說：「乖，推一下，待會爹爹給妳個更好玩的東西。」

少昊和小夭一起把燈推出去，花燈飄入了河流中，向著遠處飄去。

少昊抱著小夭站起來，和阿珩並肩而立，目送著藍色的蓮花越飄越遠，慢慢匯入花燈的海洋中，直到再分不清楚哪盞燈是他們的，他們才轉身離去，卻看臺階上站著一個器宇軒昂的紅衣男子，不知道他如何進來的，也不知道他究竟在那裡站了多久。

少昊感受到對方身上強大的靈力，下意識的反應就是凝聚靈力，想要擊退擅自闖入者，卻發現阿珩呼吸急促，身子輕顫，他立即明白是蚩尤。

少昊把小夭交給阿珩，走到臺階下去欣賞河上的燈景。

蚩尤沿階而下，臉色蒼白，雙目漆黑，裡面熊熊燃燒著悲傷和憤怒。

「為什麼？」他的聲音嘶啞低沉，強自壓抑著怒氣，如一隻受傷的野獸。

阿珩緊緊抱著小夭，眼中珠淚盈盈，一言不發。

小夭從不畏生，烏溜溜的眼珠盯著蚩尤，伸手去摸他。

溫軟的小手撫到他的臉上，蚩尤只覺心中莫名的激蕩，不禁握住了小夭的手，「這是不是我的孩子？」雖然明知道孩子的出生時間不可能是他的孩子，可仍抱著一絲渺茫的希望。

幾團火靈凝聚的彩色火球突然飛上了天空，綻放出最絢爛的煙花，金黃的菊花、朱紅的牡丹、潔白的梅花……一時間，漫天繽紛，光華璀璨。

小夭喜不自禁，指著天空，扭頭衝著少昊大叫：「爹，爹！」

少昊下意識地回身，對小夭微笑。

在突然而至的光亮中，小夭的面容一清二楚，和少昊有七八分像，只要看到她的臉就知道她是誰的孩子。

小夭雙手伸向少昊，「爹爹。」要少昊抱她。

蚩尤覺得猶如墜入了最寒冷的冰窟，身子無法抑制地直打寒顫，雙眸中熊熊燃燒的火焰全部熄滅，明明四周燈火璀璨，可天地在他眼中驟然變得漆黑。

西陵珩背叛了他，欺騙了他！

一個瞬間，蚩尤的眼神變得冷血殘酷，起了殺心。

阿珩抱著小夭驚恐地後退，蚩尤卻一把抓過小夭，扔給少昊。

少昊察覺有異，可蚩尤的靈力比過去更強大了，等少昊急急接住小夭，已經根本來不及救阿珩。

蚩尤和阿珩身周全是旋轉的風刃，把他們倆圍得密不透風，幾把尖刀從背後插向阿珩的心臟，已經刺入了她的肌膚。

阿珩感受到刀刃入骨之痛，神色竟然一鬆，好似終於擺脫了所有的束縛和重擔，沒有絲毫抵抗，只是目不轉睛地凝視著蚩尤，眼中卻滴下一串串淚來。

那淚珠好似滴打到了蚩尤心上最柔軟的心尖，他整個心都漣漪激蕩，靈氣竟然無以為繼。風刃消失，阿珩背上已是鮮血淋漓，滴滴答答直往下流。

蚩尤盯著阿珩，一步步後退，慘笑著說：「妳明明知道讓我相信一個人有多難！我對視若父親的炎帝、親如兄弟的榆罔都仍有戒備，可對妳……」他的手狠狠地敲打著心口，好似要把心砸開，攤開給阿珩看，「我把妳放在了這裡。如果要反悔為什麼不早點？為什麼等到我撤掉了所有的防備，任憑妳長驅直入，霸占了我身體裡最柔軟的地方時，妳卻要隨意踐踏？別人即使砍下我的頭、剝了我的皮，我都不疼！而妳……我會很疼！」蚩尤面色慘白，看著阿珩，帶著隱隱的祈求，似乎求她告訴他一句，她沒有背叛他！

阿珩緊咬著唇，一言不發，只身子輕輕而顫。小夭根本不明白短短一瞬母親已經在生死間走了一圈，反而被蚩尤蕩起的風刃逗笑，拍著小手嚷：「爹爹，你看，風在跳舞，紅衣叔叔好厲害！」

小夭的嬌聲軟語入耳，蚩尤猶如被雷擊，身子搖晃了一下，叔叔？阿珩的女兒叫他叔叔！他盯著阿珩，幾次抬手，卻手顫得根本無法凝聚靈力，他悲笑著搖頭，「西陵珩，妳對我許的諾言，只要我不允許妳收回，妳就休想收回！」大笑聲中，他躍上逍遙，絕然而去。

少昊手心發涼，他早聽聞蚩尤性情乖戾，狡詐凶殘，卻是第一次真正領略到蚩尤的決絕激烈，他對阿珩至情至性，可以隨時為阿珩死，可轉眼間，只因阿珩背叛了他，他也會隨時殺死阿珩。

少昊看阿珩失魂落魄地呆呆站著，以為她害怕，一邊幫阿珩療傷，一邊說道：「晚上我在屋子外設一個陣法，只要蚩尤來，我就會立即發覺。」

阿珩搖搖頭，依舊盯著蚩尤消失的方向，眼中都是焦慮。少昊這才發現阿珩並不是害怕，她竟然在擔憂蚩尤。

少昊和阿珩回到城樓，少昊本想直接送阿珩回承恩宮，可小夭看到下面的景致，哭鬧著不肯離開。少昊遂讓侍女送阿珩先回去，他帶著小夭再玩一會。

從城樓上，居高臨下地看去，河面上的燈光越來越多、越來越密，星星點點，就好似無數顆星星在閃耀。

河邊都是放燈和賞燈的人群。頑童們提著燈籠，彼此追逐打鬧；少女們三五成群，用精心製作的花燈來顯示自己的心靈手巧；男兒們沿著河道，邊走邊看，既是看燈，更是看那鄰村的少女；最多的是一家老小，拿著各色各樣的花燈，扶老攜幼地來放燈。

少昊凝視著腳下的人間星河圖，眼神越變越冷，漸漸下定了決心。蚩尤已經歸來，所剩的時間不多，他不能再猶豫不決了！

阿珩回到寢殿，命所有侍女都退下，一個人呆呆地坐著，早知道要面對蚩尤的憤怒，所以她已經準備好了一切說辭，可真見到他時，她把什麼都忘記了。

屋內漆黑，阿珩的心卻更漆黑，而且是永遠不會有天亮的黑暗。

不知道坐了多久，忽而聽到從天際傳來一聲若有若無的大鵬清鳴，她心頭一顫，看向窗戶。皎潔的月光，將樹影映在松綠的窗紗上，隨著微風婆娑舞動，一瞬後，一個人影從遠而近，慢慢籠罩整個窗屜子，高大魁梧的身影充滿了力量，好似下一瞬就會破窗而入，卻一直都未動，帶著悲傷，凝固成了一幅畫。

阿珩緊張得全身僵硬，一動不能動，呼吸卻越變越急促。窗外的人顯然也聽到了，「妳醒了？」是蚩尤的聲音。

阿珩默不作聲，蚩尤緩緩道：「我不是來殺妳的。」

「你……那你去而復返想要做什麼？」阿珩努力讓自己的聲音聽起來冰冷無情。

「在城樓外看到妳和少昊，還有……你們的女兒，我失控了。被天上的寒風一吹才冷靜下來，阿珩，我知道妳不會背叛我們的誓言，妳一定有什麼不得已的苦衷。」

「難道擺在眼前的事實你都看不到嗎？我和少昊已經有女兒了。」

「我看到了，就算妳和少昊有了女兒也沒關係，我知道妳一定有妳這麼做的苦衷，肯定是我不在的這幾年發生了什麼事情，要怪也只能怪我沒有在妳身邊，沒有保護妳。不過，我現在已經回來了，不管什麼困難，都交給我。」

阿珩身子一顫，眼淚湧進了眼眶，多疑的蚩尤、驕傲的蚩尤、凶殘的蚩尤啊，卻真正做到了信她、敬她、愛她。

蚩尤等了一會，聽不到屋內的聲音，柔聲說道：「阿珩，不管妳有什麼苦衷，都告訴我，我們總會想出解決的辦法，難道妳不相信我的能力嗎？」

阿珩凝視著窗紗上蚩尤的身影，淚眼淒迷，唯一的解決辦法就是讓大哥復活，可天下沒有不死藥。蚩尤以為所有的困難都可以克服，卻不知道再強大的神力也無法超越生死。

「阿珩？」蚩尤等不到阿珩的回答，伸手想要推開窗戶。

阿珩跳起，用力按在窗上，她不敢見他，她怕在他的雙眸前，她所有的勇氣都崩潰。

「我不想再見你！」

「妳撒謊！如果妳不想見我，妳在城樓下看到我時，為什麼要哭？妳的眼淚是為誰而流？」

阿珩轉過身，用背抵著窗戶，眼神空洞地凝望著黑暗，一字字說著早就準備好的說辭，「我是一半愧疚、一半害怕。」

「愧疚什麼？」

「不管我和少昊在一起是因為什麼，如今我們已經有了女兒，我對他也日久生情，我很愧疚對不起你，可一切不可能再挽回。」

「害怕呢？」

「害怕會傷害到女兒。如今在我心中，第一重要的是女兒，你如果真想幫我、保護我，那麼就請忘記我，不要再來找我，否則讓人看到，我會名節全毀，傷害到我的女兒。」

蚩尤默不作聲，只紊亂的呼吸聲時急促、時緩慢地傳來，阿珩用力地抵著窗戶，身體猶如化作了一塊岩石，一動不敢動，好似要封住的不是窗戶，而是自己的心。

隨著一聲鵬鳥啼叫，呼吸聲消失。

阿珩依舊用力地抵著窗戶，很久後，她才好像突然驚醒，猛地轉身，痴痴看著窗戶，看著那樹影婆娑，看著那月色闌珊，卻再無那個身影，她眼中的淚水終於簌簌而落。

第二十八章 沉琴絕酒，從此孤

少昊盯著桃花，臉色煞白，身子簌簌直顫，猛然轉身撲向屋內，軟跪在榻前，頭伏在俊帝的胳膊上，半晌後，才聽到壓抑的泣聲微不可聞地傳來。

高辛的夏季酷熱難耐，小夭好動怕熱，阿珩常帶著小夭去漪清園避暑納涼。園子裡放養著不少水禽，這幾年疏於打理，一個個野性十足，小夭天生膽大，個頭還沒有仙鶴高，就敢去抓仙鶴，鶴啄她，她一邊哭，一邊就是揪著仙鶴的脖子不放。

阿珩常常是拿著一卷書，坐在一旁看書，並不管小夭，不管是跌倒了，還是被飛禽追著啄，她都只是旁觀。以至於小夭話都說不俐落，已經懂得了：跌倒了要自己爬起來，既然敢招惹猛禽，那就要承受猛禽的攻擊，什麼事情都要自己去面對。

被啄得滿臂傷痕後，小夭無師自通地學會了各種應對方法，混成了漪清園的小霸王，仙鶴、鴛鴦、白鷺這些鳥一見她就跑，鶚、鴟、鳶、鷲這些猛禽則把她看作了朋友，和她一起戲耍。

一日，阿珩坐在溪邊的石頭上，笑看著小夭嬉鬧。

身後突然響起了腳步聲，她詫異地回頭，見是一個老婦人快步行來，也不知道是哪殿的宮人。

老婦人走到她身前，跪下磕頭，「俊帝想見您一面。」

一瞬後，阿珩反應過來這個俊帝不是少昊，而是住在第五峰的那位。她知道少昊對此事十分忌諱，沉吟不語，老婦人用力磕頭，哀求道：「陛下時日不多了。」聽到有腳步聲過來，老婦人匆匆起身，消失在茂密的樹林中。

兩個侍女過來，「奴婢們剛才一時大意，好像讓人溜進來了。」

阿珩笑著說：「妳們眼花了吧？我也常常不小心把樹叢間的鳥看作人影。」

打發走了侍女，阿珩抱起正跟著鶚一塊捉魚的小夭，「我們去找爺爺玩，好不好？」

小夭興奮地拍掌，「爺爺！要爺爺！」其實她壓根不懂爺爺的意思。

阿珩召來烈陽和阿獙，趕往第五峰的琪園。

第五峰守衛森嚴，很難進入。阿珩只能假傳少昊旨意，「小夭很想見爺爺，陛下就讓我帶著她來見爺爺一面。」所幸外人一直知道他們夫妻恩愛，並不懷疑阿珩，又都知道少昊極寵這個女兒，要星星就絕不會給月亮。

侍衛遲疑地說：「陛下有旨意，除了他，任何人都不許進入。」

阿珩摘下掛在小夭脖子上的玉珏，扔到侍衛懷裡，這是昨日小夭從少昊身上拽下來的，少昊看她喜歡就由著她拿去玩了。

「你們是在懷疑我假傳旨意嗎？」

侍衛們驚慌地跪倒，小夭看母親一直不走，不耐煩地扭著身子，大叫：「爺爺，爺爺！要爺爺！」

侍衛們彼此看了一眼，忙讓開了路。

阿珩抱著小夭走進琪園。

琪園的得名由來是因為山頂有一個天然的冰泉叫琪池，某代俊帝依著琪池建了一座園子，人工開鑿了數個小池，把冰泉水引入，開鑿小池的泥土則堆做小島，形成了島中有池、池中有島的奇景。

一路行來，島上林蔭匝地，池邊藤蘿粉披，亭台館榭、長廊拱橋彼此相通，行走其間，迴廊起伏，繁花異草，水波倒影，別有情趣。亭台樓榭都有名字，取景入名，用名點景。阿珩不禁感嘆，強盛也許一代就能完成，可修養卻非要多代積累，軒轅的宮殿和高辛的比起來，就好似暴發戶與書香門第，難怪高門子弟總是瞧不起蓬門寒士。

俊帝住在紅蓼蘆，兩個老宮人在服侍，看到阿珩進來，他們立即抹著眼淚跪倒，阿珩把小夭交給兩個老宮人，囑咐他們帶著她出去玩。

俊帝躺於榻上，沉沉而睡，比上次見更蒼老了，雙頰凹陷，頭髮枯白。阿珩叫：「父王。」

俊帝聽到聲音，睜開眼睛，勉強地笑了笑，「妳竟然來了？看來還是有人知道『情義』二字如何寫。」

阿珩不解，按道理來說她配置的「毒藥」應該早就自行消解了，怎麼俊帝的身體越來越差了呢？她跪在榻前，捧起俊帝的手去查探他的病情，隨著靈力在俊帝體內運行完一周，她又驚又怒，心沉了下去，原來另有新毒，已經毒入膏肓，無藥可救。

俊帝看到她的臉色，微笑著說：「我早知道自己活不長了，沒關係，我早就是生不如死了！」

阿珩的眼淚直在眼眶裡打轉，自從嫁入高辛，俊帝一直善待她，把她引為知己，可她卻讓他從風流儒雅的翩翩公子變成了形銷骨立的垂死老者。

俊帝說：「叫妳來是因為有件事情一直放不下，本不適合求妳，可少昊看得太嚴，思來想去只有妳能進出這裡。」

「父王，只要我能做到，必定盡力。」

「事已至此，沒有人再能扭轉乾坤，可宴龍和中容他們還看不透。少昊上次答應我，只要我出席瑤瑤的生辰宴就饒宴龍一命，可我不信他，如今他留著他們的命來要脅我，我怕我一死，少昊就會下毒手，妳能幫我救宴龍母子一命嗎？」俊帝的手哆哆嗦嗦地去枕頭下摸，阿珩忙幫他把一方從內衣上撕下的布帛取出來，上面血字斑斑。

「把這封血書交給宴龍。」

俊帝又掙扎著脫下手上的玉扳指，放到阿珩手裡，玉扳指化成了一個水玉盒，裡面放著的居然是一隻斷掌，因為有歸墟水玉保護，常年被俊帝的生氣呵護，仍舊好似剛從身體上砍下。

俊帝說：「這是宴龍的手掌，他自小嗜琴如命，琴技冠絕天下，卻斷了手掌，無法再彈琴，我一直引以為憾，遍尋天下名醫，想幫他把手掌續回去。」

阿珩說道：「父王，我會醫術，可以幫宴龍把手掌接回去。」

「不必了，妳把它們交給宴龍就行了，我已經在帛書裡叮囑了宴龍，讓他把斷掌親自獻給少昊。」

阿珩想明白了其中因由後，不禁淒然落淚。

俊帝說：「告訴少昊，他不是個好兒子，不是個好兄長，不過希望他能是個好國君。」

俊帝的呼吸突然急促起來，阿珩發現俊帝竟然在自散靈力，阿珩急叫：「父王，不要這樣！」

俊帝用力抓住她的手，「少昊有膽子下毒手，卻沒有膽子來見我最後一面，妳既然是他的妻子，他的錯，妳也要受一半，那就麻煩妳送我最後一程了。」

他的靈體開始潰散，身體在痛苦地劇顫，阿珩的身體跟著他一塊在抖，一切的痛苦都感同身受，她想抽手，卻怎麼抽都抽不出來，「父王，不要這樣，求你！」

俊帝的瞳孔越瞪越大，面容扭曲恐怖，抓住阿珩的手越來越用力，就好似要掐到阿珩的肉裡，讓她牢牢記住他是如何痛苦地死去。

阿珩眼睜睜看著他痛苦地死去，什麼都做不了，只能哭叫「父王」。

隨著生命的遠離，痛苦漸漸消失了，俊帝的手從阿珩的腕上無力滑下，阿珩此時又用力地握住他，似乎想抓住他最後的生命。

俊帝的眼睛越來越晦暗，頭搭在枕畔，正好對著窗戶。

他凝望著窗外，微微而笑，慘白的嘴唇動了動，似乎想說什麼。

阿珩忙貼在他唇邊。

「美人桃，美人——」

阿珩不明白，「父王，你是想見哪個美人嗎？」

俊帝笑了，神色安詳地吐出了最後一口氣息，眼珠中倒映著窗外的一樹繁花。

「父王，父王……」

曾經的三大帝王之一，大荒內最風流儒雅的君王。斜陽花影裡笙歌管弦，翠湖煙波中春衫縱情，美人簇擁，兒女成群，最後卻被幽禁於一方園子，孤零零地死於冷榻上。

阿珩伏在榻上，失聲痛哭。她雖未殺俊帝，可今日的慘劇何嘗沒有她的份呢？

少昊發現阿珩假傳旨意，擅闖琪園。立即扔下一切，含怒而來，步若流星，剛踏上小橋，阿珩的痛哭聲傳來。

他的步子猛地停住，呆望著藤蘿掩映中的紅蓼蘆。

紅蓼蘆前碧波蕩漾，累累蓼花色紅欲燃，風起處，亂紅陣陣，吹入帷幕，枝頭的子規聲聲啼，淒長的一聲又一聲「不苦、不苦」，似在啼血送王孫。

少昊手上青筋急跳，緊抓住了橋頭的雕柱，眼中隱有淚光。

橋下水流無聲，微微皺起的水面上映出一個白色身影，五官端雅，因為悲傷，眉眼中沒有了山般的肅殺之氣，只餘了水般的溫潤，酷似那個人，好似就在看著他，少昊心驚肉跳，猛地遮住了眼睛，竟然不敢再看。

再難抑制，淚水涔入了指間。

子規不停地啼著：不苦，不苦——

阿珩若遊魂一般地走出屋子，居然看到少昊靜站在屋前。

「你答應過我什麼？他是你的親生父親啊！宴龍三番四次陷害你，哪一次不是死罪？他卻從沒有想過殺你！」她氣怒攻胸，一巴掌搧了過去，少昊沒有閃避，啪的一聲落實。

阿珩淚如雨下，舉著雙手問少昊，「為什麼要讓我變成凶手？你知道不知道，父王抓住我的手，讓我感受他的死亡？他在懲戒我……」她的手腕上一道發青的手印，深深陷入肉中。

「對不起！」少昊抱住阿珩，臉埋在阿珩的青絲中，身子不停地顫著，他不知道是想給阿珩一點安慰，還是自己想尋求一點慰藉。

阿珩用力推開了他，泣不成聲，「究竟為什麼啊？你已經幽禁了他！奪走了他的一切！為什麼還要毒殺他？」

少昊沉默不言。

他也曾天真的以為只要幽禁了父王，一切就沒事了，可原來不是。他如今推行的改革會破壞無數貴族的利益，只要父王在一日，這些氏族就會日日思謀如何擁護父王復辟王位。中容他們又無論如何都不肯退讓，一直步步緊逼，企圖推翻他。如果他們復辟了父王的王位，那麼他就是篡國的亂臣賊子，會被亂刀誅殺。一國無二君，不是生就是死，他不得不如此。

這條路就如青陽所說，是一條絕路，一旦踏上，就沒有了回頭的路，必須一條道走到底。青陽就是看到這一點，所以不肯踏上，而他卻……

可是，不管有多少個不得已的理由，做了就是做了！他既然做了，就應該承受親人的怨恨，世人的唾棄。

少昊身體越站越直，神情越來越冷。

阿珩看著他，一步步後退，猶如看一個完全不認識的人。

少昊看到她的表情和動作，心狠狠地抽著，窒息般地疼痛，神情卻越發平靜，緊抿著嘴角，一言不發。

不知道何時兩個老宮人帶著小夭回來了，他們跪在地上，頭緊貼著地面，無聲而泣。

小夭站在一旁，手中拿著一枝桃花，不解地看著父親和母親，「娘，爹？」

橋旁種著一株桃樹，因為這裡地氣特殊，桃樹現在依舊開著花，粉色的複瓣桃花，灼灼壓滿枝頭。

阿珩突然痴痴地向桃樹走去，連小夭叫她，她都沒反應。

她走到桃樹下，仰頭看了一會桃花，又看向屋子，正好透過窗戶，看到俊帝。

俊帝雙眸平靜，笑意安詳，好似賞著賞著花沉睡了過去，阿珩含著眼淚笑了，「原來這叫美人桃。」

少昊沒聽明白，阿珩說：「還記得嗎？父王召我去承恩宮看桃花，正要和我解說這株稀罕的桃樹，你突然進來打斷了我們，父王笑著叫你一塊賞花，還說你小時，他告訴過你這叫什麼，你卻聽而不聞，只要求父王下旨幽禁宴龍……從那之後父王就被幽禁於此，父王只怕也再沒真正賞過這株桃樹，剛才父王告訴我，這是美人桃。」

少昊看向桃樹，一樹繁花，笑傲在風中。他當然記得美人桃的名字，那一年他五歲，父王繪製了一幅桃花美人圖，美人是他的母親，桃花叫美人桃。父王握著他的手在畫旁寫下悼念母親的詩。

阿珩幽幽說：「父王已經原諒你了。」

俊帝原本深恨少昊毒殺他，甚至不惜以痛苦死亡的方式來懲戒少昊的妻子，可在最後一瞬，他突然從窗戶看到了一樹美麗的桃花。生死剎那間，他把什麼都放下了。

他微笑著告訴阿珩，那叫「美人桃」。在生命的最後一瞬，他念念不忘的不是王位，不是仇恨，而是生命中曾經擁有過的一切美好。他會忘記父子反目，只記住他抱著少昊，父子倆歡笑看花的日子。

少昊盯著桃花，臉色煞白，身子簌簌直顫，猛然轉身撲向屋內，軟跪在榻前，頭伏在俊帝的胳膊上，半晌後，才聽到壓抑的泣聲微不可聞地傳來。

阿珩彎身抱起小夭，一邊哭，一邊走。小夭抹著母親的淚，學著母親哄自己的樣子，「娘，乖寶寶，不哭！」

停在桃樹枝頭的子規歪頭盯著窗內跪在榻前的少昊，一聲又一聲不停的啼叫：不苦，不苦——若人生無苦，也許能不哭，可只要是人就有七情六欲，七情六欲皆是苦，而苦中苦就是恨不得亦愛不得。

當日夜裡，阿珩潛入了五神山下的地牢。

地牢是用龍骨搭建，又借助了五神山的地氣，專門用來囚禁有靈力的神族和妖族，地牢共有三層，越往下被囚的人靈力越高，到第三層時，其實已經沒幾個人有資格被關押在這裡。

阿珩看了看陰氣森森的四周，不知道宴龍究竟被囚禁在哪裡。

忽然聽到斷斷續續的樂聲傳來，她不禁順著聲音傳來的方向走去，漸漸地，樂聲越來越清楚。不知道是什麼曲子，卻說不出來的好聽。

阿珩輕輕走近，看見宴龍披頭散髮，席地而坐，地上擺著一溜大小不一的破碗片，他僅剩的一隻手拿著一枚玉佩敲打著破碗片。碗片大小不同，聲音高低就不同，合在一起就成了一首曲子。

阿珩停住了步子，靜靜聆聽，想起幾百年前，綠榕蔭裡，紅槿花下，宴龍錦衣玉帶，緩步而來，談吐風流，神采飛逸，為求西陵公子一諾，不惜以王子之尊，屈尊降貴，任憑差遣。

他出生尊貴，儀容出眾，又自小用功，聰穎過人，年紀輕輕就憑藉獨創的音襲之術聞名天下，談笑間，一曲琴音就能令千軍萬馬灰飛煙滅，想必他也曾金戺玉階顧盼飛揚，依紅攬翠快馬疾馳，雉翎輕裘指點江山。可是，既生宴龍，何生少昊？王位只能坐得下一個人，不成王則成寇。

宴龍奏完一曲，才抬頭看來者，沒有說話，只是靠壁而躺，含笑看著阿珩。

阿珩走到牢門前，口舌發乾，說不出話來。

宴龍譏嘲，「難不成王妃星夜而來只是為了看我的落魄相？」

阿珩把藏著斷掌的玉扳指和俊帝的帛書遞給宴龍，宴龍就著牢間晦暗的磷光，快速瀏覽過，讀完後，他怔怔摸著帛上的血字，兩行淚水，無聲而下。

「父王他什麼時候走的？」

「今日下午。」

宴龍雙手緊抓著帛書，頭深埋著，看不見他的表情，只看到他的身子一直在顫。

半晌後，他抬起頭問：「他走得可安詳？」

阿珩想了下說：「他的窗外有一株桃樹開花了，他說的最後一句話是『那叫美人桃』。」

宴龍輕聲而笑，「父王還是這樣，小時候，師傅們督促我用功，恨不得我不睡覺地修煉，父王卻偷偷帶著我去園子裡玩，教我辨認各種金魚。有繁花相送，想來父王不會覺得太痛苦。」

阿珩眼睛發澀，「我得走了，你有什麼想要的嗎？」

宴龍張了張嘴，卻搖搖頭，什麼都沒說。他的手不自禁地動著，細細看去，都是撫琴的動作。嗜酒者不可一日無酒，宴龍是個音痴，日日不可離開樂器，可是宴龍手中的樂器就是神兵利器，在他另一隻手下落不明的情況下，少昊不會讓他碰樂器。

阿珩溜出地牢，沒走幾步，卻看漫天星辰下，少昊一襲白衣，臨風而立。

阿珩見被抓住，索性摘下了掩面的紗巾，「你可有算有遺策的時候？」

少昊淡淡說：「不是我周詳，而是妳太大意。五神山下的地牢建於盤古大帝時，歷經七代俊帝加建，比王宮都嚴密，若不是我放妳進去，妳怎麼可能溜進去？」

阿珩戒備地問：「你想怎麼樣？」

少昊看到她的樣子，心中一痛，面上卻十分冷淡，對著阿珩身後吩咐：「把宮中最好的樂器取出，送到監牢，讓宴龍挑選。」

「是！」幾個人影隱在暗處，向少昊行禮。

阿珩看了少昊一眼，什麼都沒說，從他身邊徑直走過，向著山上行去。

少昊默默地站著，良久都一動不動。

侍衛捧著一方水玉匣過來，「罪臣宴龍自稱甘願認罪，說要把這個盒子獻給陛下。」

少昊看都沒看，隨手接過，召來玄鳥，向歸墟飛去。

水晶棺中，青陽無聲無息地躺著。少昊坐在棺材邊，打開了水玉盒，才發現是宴龍的斷掌，不禁大笑，他的父親壓根不信他，竟然以此來表明宴龍再無意願和他為敵，求他饒宴龍一命。

少昊一邊悲笑，一邊把手掌連著玉盒全扔了出去。

他提起酒罈，對青陽說：「陪我喝酒，咱們不醉不歸！」一切都被青陽說中了，自從他決定逼宮奪位，就注定了要眾叛親離，從今爾後，也只有青陽敢陪著他喝酒，聽他說話了。

獨自喝酒易醉，少昊不一會就醉了，他問青陽，「你想聽我彈琴嗎？」

青陽默默不語。

少昊彈著琴，是一曲高辛的民間小調，人人會唱，彈著彈著，少昊突然全身抽搐，俯身嘔吐，好似要把五臟六腑都嘔出來。

他大笑著拍打棺材，「青陽，這首曲子是父王教我彈的第一首曲子，那時我才剛會說話，他親自教我彈琴，告訴我君子有琴相伴，永不會寂寞……哈哈哈……我殺死了教會我彈琴的親生父親，卻還指望依靠琴音陪伴，消解孤寂……哈哈哈……天下還有比我更無恥的人嗎……」

少昊舉掌拍下，絕代名琴斷裂，他把琴沉入了歸墟，教會他彈琴的人都已經被他殺了，他有何面目再彈琴？

少昊醉躺到棺材邊，舉起酒罈猛灌，轉眼一罈酒就空了，他笑著叫，「青陽，你也喝！」青陽沉睡不動，少昊怒了，「連你也害怕我，不敢喝我釀的酒了嗎？我又沒有在酒裡下毒！」他打開了棺材，舉起酒罈，強把酒灌給青陽，酒水漫濕了青陽的臉頰，模糊了他的容顏。

少昊心頭一個激靈，舉著半空的酒罈，看著地上密密麻麻的酒罈，遍體寒涼。這些全是他釀的酒，有的已經封存了上千年，曾經青陽央求好幾次，他才會給他一罈。他可以欺騙世人，青陽還活著，卻騙不了自己，這世上已經再沒有人會品評他釀的酒，與他共醉了。

無人飲的酒，他釀來給誰喝呢？

少昊搖搖晃晃地走著，舉起手掌，一下又一下地拍下去，把一罈又一罈酒砸碎，不一會，地上再沒有一罈酒。

已經沒有人要飲他的酒，從此之後，他不會再釀酒。

幾日後，少昊昭告天下，七世俊帝因病仙逝，高辛舉國哀悼。

消息傳到五神山下的地牢，已經被廢的俊后趁著一個雷雨夜，引天火而下，自滅靈體而亡。

少昊下旨恢復俊后的封號，允入王陵，葬於俊帝墓旁，恰與早逝的第一位俊后一左一右地陪著俊帝。

發喪那日，少昊釋放了幽禁於五神山下的宴龍，宴龍哭暈在俊帝和俊后的棺前，中容他們兄弟五個也是哀聲痛哭，幾乎難以成步。

少昊自始至終面無表情，不露一絲傷色，似乎下葬的不是他的父親。

中容當眾指責他不孝，少昊沉默不言，只冷冷盯了他一眼，轉身離去。

少昊不顯傷色，身體卻忠實地反應著他的內心，人迅速消瘦下來，往日合身的王袍穿在身上顯得空蕩蕩。

在朝臣和百姓的印象中，少昊一直都是溫潤如玉的謙謙君子，可慢慢地，他們發現少昊變了，就好似隨著他的消瘦，少昊身上的溫暖也在消失。

他的話越來越少，行動卻越來越嚴酷。俊帝百日忌辰後，少昊以雷霆手段，擄去了中容的王位，貶去海外的孤島，雖然風光如畫，卻地處大海深處，與陸地不通消息，等於變相的幽禁。宴龍被貶為庶民，削去神籍，其他幾位王子也是貶的貶，流放的流放。幾個積極鼓動中容謀反的武將被凌遲處死，但凡為他們求情的朝臣也全部重罰。

再沒有人敢與少昊比肩而立，再沒有人敢直視著他的眼睛說話，再沒有人敢質疑他的政令，也再沒有人敢私下聚會，商量著廢除少昊。

少昊不再打鐵，不再釀酒，也不再拂琴，他不喜女色，不喜歌舞，不喜遊樂，幾乎沒有任何娛樂，所有時間都在勤勉理政，唯獨的休憩就是累了時，喜歡獨自一個站在玄鳥背上，俯瞰高辛的萬家燈火，沒有人知道他何來此古怪的癖好。

漸漸地，大家都忘記了曾經的少昊是什麼樣子，只記得如今的少昊寡言少語，目光冰冷，神色陰沉，身體瘦削單薄，卻好似孤峭的萬仞山峰，令所有人從心底深處感到畏懼害怕。

第二十九章 世間沒有雙全法

蚩尤清晰地感受到她的心意，甚至能感受到她指尖最纏綿的情意，
就在他以為她願意與他海角天涯共白頭時，
她卻變得冰冷，念著的是少昊。
原來一切又是錯覺！

在黃帝的一再催逼下，當秋風將層林塗染成金黃色時，軒轅和神農兩族宣布了軒轅青陽和神農雲桑的完婚日。因為青陽重傷未癒，仍在歸墟水底閉關療傷，黃帝決定由昌意代兄行禮。

俊帝少昊派了季厘攜重禮來恭賀，隨行的有高辛王妃軒轅妭和王姬高辛玖瑤。

朝中官員都明白青陽的儲君地位已定，來朝雲峰道賀的人絡繹不絕，昌意一概不見，和阿珩陪著嫘祖共聚天倫之樂。

阿珩，昌意、昌僕，還有兩個小傢伙——顓頊和小夭，朝雲峰上是從來沒有過的熱鬧。

顓頊在嫘祖身邊長大，嫘祖對他十分溺愛，被寵得無法無天，性格霸道無比，小夭雖是初次

到朝雲峰，卻絲毫不拿自己當客，兩個小傢伙碰面，沒有兄妹之情，反倒把彼此視作敵人，什麼都要搶，連嫘祖都要搶。

因為小夭是初次來，嫘祖不免對小夭更好一些，顓頊憤憤不平，人不大，卻鬼精，等長輩們都不在時，對小夭惡狠狠地說：「奶奶是我的。」

「也是我的。」

「不是你的，你是別人家的人，我才和奶奶是一家。」

「才不是！」

「那為什麼我叫奶奶，你叫外婆？外婆就是外人！」

小夭說不過，就動手，一巴掌拍過去，「你才是外人！」

……

等嫘祖他們聽到吱哩哇啦的哭喊聲趕來時，兩個小傢伙已經打成了一團，一個眼睛發烏，一個臉上五道指痕，他們自己不覺得疼，嫘祖卻心疼得不行，捨不得責怪他們，就不停地責罵侍女。

昌意感嘆，「妳這女兒怎麼養的，怎麼和妳一點不像？」

阿珩哭笑不得，「顓頊才是和你一點不像！小時候，你哪樣東西不是讓著我啊？來之前我還和小夭說了一路有哥哥的好處。」

小夭抹著眼淚大叫：「我才不要哥哥！」

顓頊狠推了小夭一下，「誰又想要妳了？」

小夭從不吃虧，立即用力打回去，嫘祖一手一個，卻拉都拉不住，兩個小傢伙又打在了一起。

「都住手！」昌僕一聲大喝，拿出族長的威儀，把兩個活寶分開，一人屁股上拍了一下，「誰再打架，就不許他參加大伯的婚禮。」顓頊不怕奶奶，不怕父親，獨對母親有幾分畏懼，小夭也覺得這個舅娘不怒自威，比娘更可怕。

顓頊和小夭都不敢動手了，可仍舊彼此恨恨地瞪著，忽然又同時醒悟，撲向嫘祖，一個抱腿，一個拉手，「奶奶，奶奶！」、「外婆，外婆！」爭相邀寵，唯恐嫘祖多疼了另一個。

昌意和阿珩面面相覷，你看我、我看你，噗哧一聲笑了出來。

一旁的老嬤嬤搖頭笑嘆：「不知道大殿下的孩子會是什麼性子，到時候三個孩子聚到一起才有得鬧嘍，我們這把老骨頭只怕都要被拆散了。」

昌意和阿珩笑聲一滯，嫘祖也是面色一沉，押著兩個孩子去洗臉換衣服。

等嫘祖走了，阿珩問昌僕，「當年歸墟水底少昊變作大哥，你能看出真假嗎？」

昌僕搖頭，「一模一樣。」

阿珩說：「我也覺得一模一樣，顯然父王派去的心腹也沒看出端倪，父王絲毫沒有動疑，可母后的反應卻有點不對。」

昌僕說：「在每個母親眼裡，兒子的婚禮都是頭等大事，大哥卻重傷在身，不能自己行禮，母后觸景生情，當然會不高興了。」

昌意冷嘲，「父王幾曾真正看過我們？他關心的不過是我們能不能幫到他的王圖霸業，顓頊是他的第一個孫子，可出生到現在，他只在百日那天看了一眼。」

阿珩和昌僕都沉默不語。

因為是軒轅長子的婚事，又是兩大神族的聯姻，在黃帝的特意安排下，婚禮比上一次少昊迎娶阿珩更盛大。

軒轅城內火樹銀花，張燈結綵，賓客自四面八方趕來，街道上人來人往，摩肩接踵。

顓頊和小夭最是激動，手裡提著燈籠和風車，哪裡熱鬧往哪裡鑽，幾個嬤嬤跟在他們後面追。阿珩叮囑嬤嬤們，今日人多，一定把兩個孩子看牢了，昌僕又派了四個若水勇士跟著他們。

昌僕看阿珩一直眼藏憂慮，問道：「一切都很順利，妳究竟在擔心什麼？」

「嫂子不覺得夷彭太安靜了嗎？」

昌僕點點頭，「是啊，我幫著昌意籌備婚禮時，還以為他又要鬧事，一直暗中提防，卻沒有任何動靜，也許他因為澤州的事情被父王責罵後，不敢再耍花招了。」

「嫂子不了解他，我和夷彭一塊玩大，他看著不吭不哈，卻是那種一旦下了決定就會一條道走到黑的性子，小時候彤魚氏不讓他和我玩，為了這事沒少打他，要換成別的孩子早不敢了，可他受罰時一聲不吭，一轉頭就又跛著腳來找我玩。我如今擔心，他就是等著今日的場合發難，讓大哥和母后當眾出醜。」

昌僕皺眉，「父王十分愛惜自己的聲譽，今日天下賓客雲集，如果讓軒轅族當眾出醜，毀了大哥和神農族的婚事，父王只怕會震怒，的確比什麼詭計都要有效的多，可是夷彭能怎麼做呢？」

阿珩低聲說：「四哥行事從沒有過差池，只能要麼是我、要麼是大哥，大哥的事他肯定不知道，我的可能性更大。」

「可是你不是已經……何況小夭和少昊長得那麼像，夷彭不可能拿此事做文章。」

阿珩搖頭，「我只是令他一直抓不到證據來證明他的懷疑，究竟有沒有打消他的懷疑，我也不肯定。」

「王子妃，王姬，不好了……」宮女們氣喘吁吁地跑進來，看到她們，身子一軟就跪倒在地上。

阿珩和昌意都臉色立變，「小夭（顓頊）怎麼了？」

宮女哭著說：「小王姬不見了。」

阿珩身子晃了兩晃，昌僕趕忙扶住她，對宮女厲聲說：「都給我把眼淚收回去，先把事情一五一十從頭說清楚！」

一個小宮女口齒伶俐地說：「我們幾個帶著小王子和小王姬去看大殿下和新娘子坐花車，不知道怎麼回事小王子又和小王姬吵了起來，吵著吵著就開始打架，我們怎麼勸都沒有用，小王子說小王姬的花燈是他爹爹做的，不許小王姬玩，搶了過來，小王姬不服氣地說『才不稀罕，我們高辛的花燈要比你們軒轅漂亮一千倍』，小王子就說小王姬說大話，還讓小王姬滾回高辛，不要賴在軒轅，也不知道小王子從哪裡聽來的野話，說什麼嫁出去的女兒潑出去的水，小王姬被氣得哭著跑掉了，小王子氣鼓鼓地說，走了才好，有本事永遠不要來！向相反的方向跑去，我們一下就亂了，慌慌張張地分成兩撥去追，小王子追到了，小王姬卻不見了。」

「四處搜過了嗎？」

「搜過了，我們看找不到全都慌了，立即去調來侍衛幫忙一塊找，可城內到處都是人，一直找不到。」

「是有個叔叔把她抱走了。」顓頊綳著小臉，站在門口。

昌僕一把抓他過來，揚手就要打，阿珩攔住，「小孩子間的打鬧很正常，並不是他的錯。」把顓頊拽到面前，「告訴姑姑，你為什麼說有個叔叔抱走了妹妹？」

顓頊低聲說：「我一邊跑一邊在偷看小夭，想看看她是不是真的要回高辛。我看到一個和小夭長得很像的男人，小夭撲到那人腿邊，他就抱走了小夭。」

昌僕說：「和小夭長得像？那應該是高辛王族的人了。這次只有季厘來參加婚禮，季厘並不像少昊，小夭和他也不像。」

「小夭雖然不怕生，卻只和少昊有這麼親。」

「不可能是少昊，他若來了，不可能不告訴妳。」

阿珩心念電轉，站了起來，匆匆往外走，「我知道是誰，四嫂，這裡就拜託妳了。婚禮關係到母后和四哥的安危，無論如何，不能讓婚禮出差錯。」

「姑姑。」

阿珩回頭，顓頊小臉一會紅、一會白，「妹妹不會有事，對嗎？」

阿珩勉強地笑了笑，「不會！」

阿珩出了大殿，徑直去找夷彭。

夷彭和一群各族的王孫公子聚在一起飲酒作樂，看到阿珩進來，別人都忙恭敬地站了起來，夷彭卻端坐不動，笑著舉起酒盅，給阿珩敬酒，「真是難得，我已經好幾百年沒和妳一起喝過酒了。」

阿珩說：「我有話私下和你說。」

眾人聽到，立即知趣地退了出去。

阿珩問：「小瑤在哪裡？」

夷彭笑，「真奇怪，妳的女兒妳不知道在哪裡，竟然跑來問我。」

「你我都心知肚明，是你擄走了小瑤。」

夷彭舉起酒盅，慢飲細品，「妳的女兒是高辛的大王姬，這麼大的罪名我可承擔不起。幸虧從今日下午起我們一群老朋友就聚在一起喝酒，他們來自各個神族，總不可能幫著我一起作偽證。」

阿珩強壓著焦急，坐到夷彭面前，壓住夷彭的酒盅，「好，就算是你沒有動小瑤，那麼你可知道讓小瑤回來的方法？」

夷彭盯著阿珩，「我和妳從小一起長大，妳知道我既然決定復仇，就絕不會輕易放手，我也知道妳是什麼樣的性子，我敢肯定那個孩子絕不會是少昊的，我就是怎麼想都想不通為什麼少昊甘願讓一個雜種混亂高辛的王族血脈。」

「你究竟想怎麼樣？」

「我要妳當眾承認淫亂高辛宮廷，孩子的親生父親不是少昊。」

「你做夢！」

「是嗎？看來妳覺得孩子的性命無關緊要了？」夷彭推開阿珩的手，笑著抿了口酒，「妳在澤州城外見過那個人，應該明白殺死一個孩子對他很容易。」

阿珩臉色發白，夷彭將酒一口飲盡，說道：「今日晚上，在昌意和雲桑行禮之前。記住，一旦他們行禮，妳就永遠都見不到妳的小野種了，永遠！」

阿珩盯著夷彭，「如果孩子有半絲損傷，我會讓你不得好死。」

夷彭哈哈大笑，笑得喘不過氣來，指著朝雲峰的方向說：「如果傷了孩子就不得好死，最不得好死的人可不是我！」

阿珩轉身就走，卻心慌意亂，六神無主，雙腿發軟，身子發顫，走都走不動，此時她才真正明白了做母親的感受，寧願自己死一千次，也不願意孩子受到半絲傷害。如果此事只關係到她的安危，她會毫不猶豫地答應夷彭，可是還有母親和四哥、四嫂、顓頊的安危。

她搖搖晃晃地走著，腳下一個踉蹌，軟跪在了地上。

大街上燈如晝，花如海，遊人如織，一派盛世繁華，可她卻如置身最陰森寒冷的魔域，全身上下都在抖，明明知道此時要鎮定，可想到夷彭的狠毒，她就滿心恐懼，連思考都變得艱難，恨不得跪在夷彭面前，祈求他放了小夭。

一雙強壯有力的手握住她，把她從地上拽起，她仰頭望去，看到了蚩尤。

燈火璀璨，映得他面目纖塵可辨，眉梢眼角都是倦色，雙目卻是亮若寒星。

阿珩心中一鬆，「哇」的一聲大哭起來，蚩尤不顧四周人來人往，抱住了她，拍著她的背說：「別怕，別怕，究竟出了什麼事情？」

「他帶走了小夭。」

「誰帶走了小瑤？」

「就是那個假扮過你的人。」

「誰假扮我？」

阿珩哭得嗚嗚咽咽，說得顛三倒四。蚩尤只得把她帶到僻靜處，安撫道：「別哭了，不管誰帶走小瑤，我們去把她找回來就行了。」

也許是因為蚩尤的懷抱讓人溫暖，也許是因為他的雙臂讓人依賴，也許是因為他的自信讓人安心，阿珩的身子不再打冷顫，腦子也漸漸恢復了清醒。

她抓著蚩尤的雙臂，「你一定要把小夭帶回來。」

「妳忘記我怎麼長大的嗎？給我說說那個人究竟是什麼樣，我好知道到底是誰帶走了妳女兒。」蚩尤跟著百獸長大，野獸最擅長的就是藏匿和追蹤。

阿珩將上次被引誘到澤州城外的事描述給蚩尤，又把小夭被帶走的事情講了一遍。

「阿獙對妳言聽計從，連青陽都不怕，卻會天生畏懼這人，他又如此善於變化，想來應該是狐族之王——九尾狐了。」蚩尤冷冷一笑，「我在深山大林裡混日子時，吃過不少狐狸，就是還沒嘗過九尾狐的味道。」

城門的方向傳來禮炮聲，四朵象徵富貴吉祥的牡丹在空中盛開，看來昌意已經和雲桑進入軒轅城。

從現在開始到昌意和雲桑在上垣宮行禮，連一個時辰都不到。

蚩尤看阿珩在緊張地計算時間，「九尾狐要妳做什麼？」

「啊？」

「他抓玖瑤肯定是為了要脅妳，他的要求是什麼？」

「他是夷彭的手下，想破壞青陽和雲桑的婚事。」

「怎麼破壞？」蚩尤從來都不容易被糊弄，問題很尖銳。

「要我……要我在青陽的婚禮上當眾承認和你有私情，淫亂高辛宮廷。」阿珩只能說一半，不說一半。

蚩尤譏嘲，「我怎麼覺得這隻狐狸幫我做了我一直想做的事情？這麼個條件妳都不能答應，妳真的想救回女兒嗎？難道我就讓妳如此羞恥？」

阿珩忙說：「如果如此做就能救回小夭，我會不惜一切，但夷彭不是個守諾的人，即使我按照他的吩咐當眾承認了一切，只能證明小夭在我心中的重要性，他更不會放了小夭，只會一個要脅接一個要脅。」

蚩尤神色不以為然，阿珩著急地問：「你究竟肯不肯幫我找女兒？」

蚩尤冷冷地糾正，「是妳和少昊的女兒，我有什麼好處？」

阿珩只覺苦不堪言，一邊是母親和四哥，一邊是蚩尤，令她左右為難，前面是心中只有王圖霸業的父王，後面是陰險狠毒的夷彭，令她前不能進、後不能退。如今女兒下落不明，蚩尤還要和她談條件，她悲從中來，淚如雨下。

蚩尤把阿珩攬到懷裡，抬起她的下巴，狠狠地吻了下去，狂風暴雨地吻著，阿珩氣得想搧他，他抓住阿珩的手腕，唇舌從阿珩唇齒間撫過，喃喃低語：「我就收這個做好處，妳也不給嗎？」

阿珩心頭一顫，因為青陽的死而被苦苦壓抑的感情終於找到了一個釋放的藉口，她不自禁地回應著蚩尤的吻，纏綿熱烈，就像是生命中的最後一次。

蚩尤先是喜，後是悲，最後竟然用力推開了阿珩，揚長而去，「時間緊迫，分頭行事，我去找九尾狐要妳女兒，妳去盡量拖延婚禮。」

昌意和雲桑並坐於龍鳳輦上，御道兩側擠滿了看熱鬧的百姓。因為有神族侍衛用靈力鑄成的屏障，雖然人群你推我擠，卻沒有一個人衝到御道上。

阿珩喚來烈陽，「點火製造些驚慌混亂，不要傷人。」烈陽要走，阿珩又抓住他，「別被抓住。」

烈陽鼻子裡不屑地哼了一聲，「就這些神族兵將？」

不一會，軒轅城內莫名地起了火，火勢熊熊，人群一下就亂了，阿珩又趁機偷偷敲暈了幾個神將，人潮湧到御道上，侍衛阻擋不住成千上萬的人，只能眼看著御道被堵住。

昌意和雲桑的眼中都思緒變換，普通百姓感受不到火的異樣，可他們卻立即明白了那是有靈力的神或妖在故意縱火，至於原因不想也明，自然是為了破壞他們的婚事。

車輿旁的禮官算了算時辰，著急地說：「這如何是好？要是錯過了吉時，可是大大不吉利。」神農百姓非常看重這個，若有心人散布謠言，只怕一樁好好的婚事會變成不受老天護佑的噩事。

「實在不行就用鸞鳥拖車，從天上飛入上垣宮。」

「萬萬不可！」這又是軒轅的忌諱，軒轅立國靠的是占了全國人口九成多的人族，立國之初，黃帝就規定了事事都以人族為重，但凡盛大的儀式，必須遵照人族禮儀。

雲桑雙手放於胸前，翻手為雲，覆手為霞，雲霞交織，在半空中出現了一條雲霞鋪成的甬道，流光溢彩，美不堪言，駿馬清鳴，拖著龍鳳輦走上甬道。

百姓們看得目眩神迷，鼓掌歡呼。

阿珩無奈地看著車輿繼續前行，不過這麼一打擾，也算爭取了點時間。

阿珩匆匆返回上垣宮，昌僕焦急地問：「找到小夭了嗎？」

阿珩附在昌僕耳邊說：「蚩尤去找了，千萬別讓四哥知道，否則他又要生氣，如今我已經心力憔悴，實在……」

昌僕嘆了口氣，「我明白。」她是個母親，自然知道孩子出事的心情，若換成她，早就六神慌亂、不管不顧了，阿珩卻還要以大局為重。

「待會雲桑就來了，我想麻煩四嫂一件事情，盡量拖延他們行禮。」因為昌僕是若水的族長，手中有兵，黃帝對她比對阿珩更客氣。

昌僕什麼都沒問，立即答應，「好，我會一直拖到父王發怒，不得不行禮。」

等昌意和雲桑的龍鳳輦到了殿門，昌僕帶著一群若水少女，花枝招展地迎著雲桑走去。

大殿內的人都愣住，儀式裡沒有這個啊！

昌僕嬌笑著說：「早就聽聞神農族的雲桑被讚為雲端的白蓮花，可惜一直無緣深交。」

雲桑微微頷首，「我也一直就聽聞若水族的女族長不僅僅是若水最美的若木花，還是最勇敢的戰士。」

「今日之後，妳我就是妯娌，我們若水族交朋友前，要先掂掂朋友的分量，不知道神農族是什麼禮儀？會不會覺得我們太粗魯野蠻？」

雲桑微微一笑，「表面上有差別，骨子裡其實一樣，雄鷹總是會找雄鷹翱翔，老鼠總是會找老鼠打洞。」

昌僕將身上佩戴的匕首解下，丟給身後的侍女，「按照軒轅禮儀，今日是婚禮，不適合見刀戈之光，王姬可願與我比比靈力？交我這個朋友？」

軒轅民風剽悍，比武鬥技是很平常的事情，大殿上又有不少來自民間的武將，聞言都高聲歡呼起來。

雲桑自小喜靜不喜動，沒有好好修煉過打鬥的法術，知道自己絕不是昌僕的對手，可昌僕當眾的邀請，她又不能拒絕，否則會讓驍勇好鬥的軒轅百姓看輕了神農，正躊躇，一個男子嘶啞的聲音傳來，「王子妃盛情難卻，但神農沒有新娘子在婚禮上打架的風俗，就讓在下代長王姬與王子妃略過幾招。」

昌僕只是想達到拖延婚禮的目的，可不管和誰打，立即答應了。

一個戴著銀色面具的駝背男子，一瘸一拐地走了出來，雲桑想起沐槿向她繪聲繪色地描繪蚩尤手下有個多麼醜陋的怪人，知道他就是蚩尤的左膀右臂——雨師，聽說他神力高強，出身不凡，來自「四世家」的赤水氏，因為犯了家規，被逐出家門。

明明是第一次見面，可不知為何，雲桑心中竟然有似曾相識的感覺，呆呆地盯著雨師的身影。

昌僕摘下鬢邊的若木花，將花彈到空中，向著雨師飛去，若木花一變二，二變四，四變八……霎時就如紅雨一般，鋪天蓋地地潑向雨師。

雨師靜站不動，白雲卻在他頭頂繚繞而生，一朵朵飄拂在大殿上，一串串雨滴落下，化作晶瑩的水珠簾，垂在雨師身前，擋住了若木花，一朵朵紅色的花碰到珠簾，消融在雨滴中。

雨師雖然醜陋，法術卻賞心悅目，雲聚雲散、雨來雨去，瀟灑隨意，配上昌僕的漫天紅花，猶如一幅江南春雨圖，看得人不見凶險，只覺賞心悅目。

夷彭看著殿前的雲水與落花齊飛，笑對阿珩說：「父王已經在不耐煩地皺眉了，妳拖得了一時，拖不了一世。」

「狐狸雖然狡猾，可總有獵人能逮住牠。」

夷彭一愣，又笑起來，「既然查出了他的來歷，就該明白找到他的獵人都成了他腹中的食物。」

阿珩冷哼。

夷彭說：「讓我想想，妳在這裡，到底是誰去幫妳找小野種了？天下間敢和狐族王為敵的人也沒幾個。父王邀請蚩尤參加婚禮，雨師都到了，蚩尤卻不在這裡，難道他就是妳的獵人？」

「你猜對了！」阿珩冷笑，「你什麼都清楚，明明知道只要抓住證據，一下就能釘死我們全家，卻就是沒有辦法證實，滋味只怕不好受吧？」

夷彭臉色發青，陰森森地說：「彼此彼此，等我殺了小野種時，妳也沒有辦法證明是我殺了她。實話和妳說了，我既然知道她是蚩尤的野種，怎麼會沒有考慮蚩尤？早設了陣法恭迎蚩尤大駕，妳就等著為妳的姦夫和小野種收屍吧！」

阿珩臉色一白，需要狠命咬著唇，才能維持鎮靜。

昌僕和雨師一直未分勝負，黃帝突然下令：「都住手！」

他看著昌僕，含笑說：「既然是為了交朋友的比試，不妨點到即止。」

黃帝笑容雖然溫和，聲音卻是威嚴的、不容置疑的。昌僕對阿珩抱歉地搖搖頭，表明她已經盡力。

黃帝對身旁的近侍下旨，賞賜雨師。

雲桑也柔柔地說道：「雨師代我迎戰，我也有份東西賜給他。」說著話，盯了眼自己的貼身侍女，侍女慌亂中，只能把手中捧著的盒子交給雲桑。

雨師上前下跪謝恩，起身接受賞賜時，雲桑竟然突然抬手，揭開了他的面具。

「啊——」滿殿驚叫，幾個近前的侍女嚇得軟厥在地。

一張被毒水潑過的臉，臉上血肉翻捲，溝壑交錯，比鬼怪更駭人。雨師急忙用袖子遮住臉，跪在地上，好似羞愧得頭都不敢抬。

雲桑怔怔地拿著面具，神情若有所失，一瞬後，才把面具遞回給雨師，「對不起，我、我不知道你的臉……有傷。」心中暗怪自己的孟浪。蚩尤是多麼精明的人，失蹤幾年後，神力又已經高深莫測，任何幻形術到蚩尤面前都沒有用，雨師若是他人假扮，蚩尤怎麼會察覺不出來？

雨師接過面具，迅速戴上，沉默地磕了個頭，一瘸一拐地往座位走去，所有人都下意識地迴避著他，尤其女子，更是露出嫌惡的表情。

黃帝威嚴地對掌管禮儀的宗伯吩咐：「行禮！」

昌意和雲桑行到黃帝和嫘祖面前，準備行跪拜大禮。雲桑心神恍惚，理智上很清楚，可心裡不知道為何，總是放不下，眼角的餘光一直看著雨師。雨師佝僂著身子，縮在人群中，因為臉上有面具，看不到他的任何表情，唯一能看到的，就是人人都抬著頭，唯恐看不清楚，錯過了這場盛事，他卻是深深低著頭，漠不關心的樣子。

阿珩心驚肉跳，焦急地望向殿門，沒有任何動靜，蚩尤，你救到女兒了嗎？

「小妹，只要雲桑膝蓋挨地，妳的野種立即斷氣。」夷彭的聲音寒意颼颼。

「跪！」

在司禮官宏亮的聲音中，昌意和雲桑徐徐下跪。

隨著昌意和雲桑的動作，阿珩臉色漸漸變白，一邊是女兒的性命，一邊是母親和四哥的安危，明知道此時救了女兒，就是幫助夷彭奪得王位，把母親和四哥置於險境，可是女兒的性命、女兒的性命……

夷彭神情狠厲，舉起小夭的命符，想要捏碎。

「不許行禮！」阿珩淒聲大叫。

夷彭笑了，這場生死博弈，他終究是贏了。

黃帝一向喜怒不顯，此時都面含怒氣，盯著阿珩，「妳若不給我個充分的理由，即使妳是高辛的王妃，我也要質問一下少昊為什麼阻撓軒轅族的婚禮。」

阿珩看著母親和哥哥，眼中全是抱歉的淚水，眼前的情形只能走一步算一步，先救下女兒，「其實，小夭是……蚩尤、蚩尤……」

昌意對阿珩笑搖搖頭，剛開始的震驚過去後，他竟然在微笑，笑容和以前一模一樣，似在告訴阿珩，沒有關係！不管妳做什麼，我都會幫妳，誰叫妳是我唯一的妹妹？

夷彭也在愉悅地笑，一旦軒轅和神農的聯姻被毀，阿珩會被高辛削去封號，嫘祖會被奪去后位，昌意失去了庇護，不過是個只懂琴棋書畫的沒用男人。

黃帝不耐煩地問：「妳究竟想說什麼？」

夷彭滿臉得意的笑，用足靈力大吼，「都仔細聽聽軒轅妭要說的話！」舉著小夭的命符對阿珩，低聲警告，「不要想拖延，我數三聲，如果妳再不說，我就……」

阿珩抹乾淨眼淚，上前幾步，站在了所有人的目光下，她並不以她和蚩尤的私情為恥，她很驕傲自己愛上的漢子是蚩尤！她只是對母親和哥哥愧疚。今日既然要當眾公布，那她要昂首挺胸地告訴整個大荒，她喜歡的男兒是蚩尤，小夭是她和蚩尤的女兒！

蚩尤藏匿在大殿的柱梁上，冷眼看著下面。

因為對方有預先布好的陣法，他受了點傷，可九尾狐傷得更重。

他帶著小夭趕回來時，昌意正代替青陽，帶著雲桑走向黃帝和嫘祖，他沒有叫阿珩，而是悄悄藏匿起來，等著看阿珩當眾承認和他的感情，可當阿珩在夷彭的逼迫下，獨自一個站在所有人好奇猜疑的目光下，就好似她在獨自面對審判與懲罰。蚩尤再藏不下去，飄身而落，向阿珩走去。

霎時，侍衛們全慌了，紛紛出來阻攔，黃帝身前更是立即湧出了十幾個神將，把黃帝團團護住。

隔著刀戈劍影，阿珩和蚩尤四目交投，無聲凝視。

「娘！」小夭清脆的叫聲傳來。

顓頊和小夭手牽手走進來，拿著一截白絨絨的狐狸尾巴在玩耍，你拍一下，我拍一下。

阿珩身子一軟，跪在地上，又是笑，又是哭，從頭到尾只有昌僕知道她這短短時間所經歷的驚心動魄，昌僕扶著她，低聲說：「妳去看小夭吧，這裡交給我，我來應對父王。」

阿珩捏了捏嫂子的手，飛一般跑過去，緊緊抱住了小夭。

黃帝揮揮手，示意所有的侍衛都退下，蚩尤倒對黃帝的膽色有幾分欣賞，大步往前而行，逼到黃帝面前，「你就不怕我今日是來取你的頭顱？」

黃帝笑道：「你是九黎族的漢子，應該比我更懂得不管再大的恩怨都是在戰場上結下，自然也要到戰場上用刀劍和鮮血解決，這裡只是用美酒和歌舞款待四方賓客的婚禮。」黃帝伸了伸手，請蚩尤坐，竟然就在自己身邊。

蚩尤洒然一笑，坦然自若地坐到黃帝身邊，好似剛才壓根沒看到黃帝身周藏匿著無數神族的頂尖高手。

他們一個敢邀請，一個敢坐下，大荒的英雄們不禁暗自問自己有沒有這個膽色，答案令他們越發對黃帝和蚩尤敬佩。

夷彭失魂落魄地站著，不願意相信劇變突然，功敗垂成。

黃帝不悅地問：「你在青陽的婚禮上大呼小叫，究竟想做什麼？」又四處找阿珩，「珩兒呢？她剛才不是也在這裡亂嚷嗎？」

昌僕道：「小妹是突然發現蚩尤藏身殿內，怕他萬一對父王……又不方便明說……情急下，只能出此下策。」昌僕這話看似說了和沒說一樣，可聽在黃帝這些過於聰明的人耳中，已經足夠。聰明人的心思太複雜，自己會給自己解釋。

夷彭忙就梯下牆，「兒臣也是看到蚩尤潛入大殿，不知道他究竟想做什麼，又不敢隨便亂來，怕影響到軒轅和神農的聯姻……畢竟蚩尤是神農的大將軍……」

今日可不適合當眾談論這個，黃帝忙揮了揮手，示意他退下，對宗伯點點頭，禮官立即開始重新宣禮。

「跪！」

在侍女的攙扶下，雲桑開始和昌意行禮。

禮節非常繁瑣，可正因為繁瑣，透出了莊重和肅穆，特別是到最後一拜時，漫天花雨，鼓樂齊鳴，所有人齊聲恭喜，有一種天下皆祝福，天下皆認可的感覺。蚩尤不禁有些恍惚，在他眼中，這些禮節無聊冗長，可對自小在這樣環境中長大的阿珩一定很重要，這大概就是阿珩想要的，卻偏偏是他永遠給不了的。

大禮行完後，各族使節全部送上禮物，誰都明白青陽和雲桑的聯姻意味著什麼，所以個個出手豪爽大方，盡力對青陽示好。

有贈送神器的，有贈送祕寶的，甚至有贈送土地的……黃帝大悅，一切都如他所料，和神農的聯姻令天下歸心，美中不足的是還有一些冥頑不靈的人，其他人都不堪慮，就蚩尤、后土、祝融、共工實在不好辦。

突然之間，大殿自外向內，安靜下來，到後來竟然鴉雀無聲，只聽到：踏、踏、踏……沉重的腳步聲傳來，眾人都盯向殿外。

在明亮的光線中，一個身穿鎧甲的人影出現在殿門口，全身靈氣湧動，就好似帶著滿天華光走了進來，是后土，一身戎裝，英武迫人。

后土不緊不慢地走著，人群密密麻麻，可沒有一絲聲音，他的足音清晰可聞，每一下都重重地迴盪在大殿內，像戰馬怒吼，金戈激鳴，震得人發顫。

后土站在了殿下，昂然看著黃帝，將一卷帛書遞給禮官，對黃帝說：「我來送賀禮。」

禮官邊看帛書，邊手狂抖，抖得握都握不住帛書。

是挑釁的檄文嗎？是要打仗了嗎？

眾人迫切地盯著禮官，可他結結巴巴語不成句。宗伯見狀，立即出列，拿過帛書，看了一眼，手也開始發抖，黃帝越發不悅，皺著眉頭正欲斥責。宗伯跪下，對黃帝大呼：「恭喜陛下，賀喜陛下！后土大人以麾下八萬將士為賀禮。」這句話的意思也就是說后土率部下全部投降。

黃帝一時難以自持，激動地跳了起來，忙又定了定神，向著后土急步行去，竟然對后土做了一個深深的揖，「君以國士報我，我必以國士待君，此諾天下共見，若有違背，天下共棄！」

后土面無表情，只是單膝跪在了黃帝面前，表示效忠。

黃帝雙手扶起后土，拉著他的手向王座行去，機靈的宮人立即在王座旁加了座席，幾乎與王座平起平坐。

五湖四海的英雄看到此，紛紛跪下，齊聲道賀。

黃帝俯瞰著拜倒在他腳下的英雄，不禁暢快地大笑。

只有蚩尤靜坐不動，抱臂而看，顯得突兀怪異。黃帝看著他，誠懇地說道：「軒轅殿上永遠虛席以待。」

蚩尤一笑而起，向著殿外大步走去，「軒轅再好，卻沒有待我如兄的榆罔，他雖死，我仍在，我會實現他的遺願，替他把軒轅驅趕出神農！」

聲音朗朗，可映乾坤，可鑒日月，歸降的神農人不禁老臉泛紫，沒有自省，反而怨怪這個野人從來都不懂識時務者為俊傑，紛紛低聲唾罵，倒是坐於最高位的后土雖面無表情，卻凝視著蚩尤的背影，一直目送著他出了殿門。

黃帝壓下心頭的失望，笑對禮官頷首，禮官立即命奏樂賜宴，大殿內滿堂春色，歌舞喧譁，觥籌交錯，歡聲笑語。

阿珩看蚩尤離去，忙抱著小夭追出來，卻不敢現身，一直追到宮門外，才叫住了蚩尤。

阿珩把小夭放到地上，「記得娘教妳的話嗎？」

小夭顛顛地跑到蚩尤腳下，一把抱住蚩尤的腿，「謝謝叔叔。」蚩尤身體僵硬，過了一瞬，終是蹲了下來，不等他反應，小夭就伸手環抱住蚩尤的脖子，在他的臉頰上左邊香了一下，右邊香了一下，咯咯地笑著把頭埋進蚩尤懷裡。

蚩尤不自禁地抱住了她，只覺心中又是豪情萬丈，又是柔情湧動。他看向阿珩，「究竟是為什麼？」九黎山中，她親手為他建造了家，親口許諾會盡快離開少昊，可是等他甦醒時，她卻說承恩殿上情難絕，為少昊生下了女兒。他到現在仍不明白是為什麼，唯一的解釋只能是阿珩對少昊有情。

蚩尤把小夭遞給阿珩，「如果她是我的女兒，我一定是世上最幸福的男人。」阿珩要接，蚩尤卻一手抱著小夭，一手握住了阿珩，「跟我走！」

阿珩被蚩尤勒得疼痛入骨，他抱著女兒，拉著她，他們一家人在一起，只需輕輕一個反手，她就可以握住他的手，隨著他天地浩大，逍遙而去。

她情不自禁地想握緊蚩尤——

禮花驟然飛上天空，映亮了整個軒轅城，也驚醒了阿珩。

軒轅城內還有她的母親和哥哥！榆罔和青陽早已經在他們之間劃下了不可跨越的鴻溝！

她用力抽手，蹙眉說：「我如今是高辛的王妃，將軍忘了我吧！」

就在一個瞬間，蚩尤清晰地感受到了她的心意，甚至能感受到她指尖最纏綿的情意，就在他以為她願意與他海角天涯共白頭時，她卻變得冰冷，念著的是少昊。

原來一切又是錯覺！

蚩尤放開了手，阿珩抱過小夭，低著頭對小夭說：「和叔叔告別。」

小夭笑著揮手，「叔叔，一路順風。」

蚩尤凝視著看都不肯再看他一眼的阿珩，搖搖頭，仰天悲嘯，駕馭逍遙而去。

小夭看到站在逍遙背上的蚩尤一身紅衣，英姿烈烈，燦若朝霞，疾入閃電，不禁羨慕地對娘親大叫：「夭夭也要坐大鳥。」

娘親的臉貼著她的額頭，半晌都不動，淚珠滑落到小夭的臉上，小夭抹著娘親的淚，乖巧地說：「娘不哭，夭夭不坐大鳥了！」

——曾許諾〔卷三〕天能老，情難絕　卷終

曾許諾 卷三 天能老，情難絕

茶蘼坊 21

作　　者　桐　華

野人文化股份有限公司

社　　長　張瑩瑩
總 編 輯　蔡麗真
責任編輯　吳季倫、蔡麗真
校　　對　仙境工作室
美術設計　yuying
封面設計　周家瑤
行銷經理　林麗紅
行銷企畫　李映柔、蔡逸萱

出　　版　野人文化股份有限公司
發　　行　遠足文化事業股份有限公司（讀書共和國出版集團）
地址：231新北市新店區民權路108-2號9樓
電話：（02）2218-1417　傳真：（02）8667-1065
電子信箱：service@bookrep.com.tw
網址：www.bookrep.com.tw
郵撥帳號：19504465遠足文化事業股份有限公司
客服專線：0800-221-029
法律顧問　華洋法律事務所 蘇文生律師
印　　製　成陽印刷股份有限公司
初　　版　2012年6月
二版 1 刷　2023年10月

歡迎團體訂購，另有優惠，請洽業務部（02）22181417分機1124

國家圖書館出版品預行編目資料

曾許諾. 卷三, 天能老,情難絕/桐華著. -- 二版. -- 新北市 : 野人文化股份有限公司出版 : 遠足文化事業股份有限公司發行, 2023.10
面；　公分. -- (茶蘼坊 ; 21)
ISBN 978-986-384-948-3 (平裝)
ISBN 978-986-384-943-8 (EPUB)
ISBN 978-986-384-942-1 (PDF)

857.7　　　112015571

廣 告 回 函
板橋郵政管理局登記證
板 橋 廣 字 第 143 號

郵資已付 免貼郵票

野人

23141
新北市新店區民權路108-3號6樓
野人文化股份有限公司 收

請沿線撕下對折寄回

野人

書名：曾許諾〔卷三〕天能老，情難絕　書號：0NRR4021

野人

野人文化
讀者回函卡

姓 名　　□女 □男　生日

地 址

電 話 公　　宅　　手機

Email

學 歷 □國中(含以下) □高中職 □大專 □研究所以上
職 業 □生產/製造 □金融/商業 □傳播/廣告 □軍警/公務員
□教育/文化 □旅遊/運輸 □醫療/保健 □仲介/服務
□學生 □自由/家管 □其他

◆你從何處知道此書?
□書店 □書訊 □書評 □報紙 □廣播 □電視 □網路
□廣告DM □親友介紹 □其他

◆你通常以何種方式購書?
□逛書店 □網路 □郵購 □劃撥 □信用卡傳真 □其他

◆你的閱讀習慣:
□百科 □生態 □文學 □藝術 □社會科學 □地理地圖
□民俗采風 □休閒生活 □圖鑑 □歷史 □建築 □傳記
□自然科學 □戲劇舞蹈 □宗教哲學 □其他

◆你對本書的評價:(請填代號,1.非常滿意 2.滿意 3.尚可 4.待改進)
書名____封面設計____版面編排____印刷____內容____
整體評價____

◆你對本書的建議: